ギャザリング・ブルー
青を蒐める者

Lois Lowry
GATHERING
BLUE

ロイス・ローリー
島津やよい 訳

新評論

GATHERING BLUE
written by Lois Lowry

Published by special arrangement
with Houghton Mifflin Harcourt Publishing Company
through Tuttle-Mori Agency, Inc., Tokyo.

ギャザリング・ブルー　青を蒐《あつ》める者

おもな登場人物

❀キラ（Ki-ra）…物語の主人公。脚の不自由な二音節*の少女。裁縫・刺しゅうが得意。

❀マット（Mat）…キラの年下の友人。いたずら好きで利発な少年。

❀トマス（Thom-as）…キラと同年代の友人。彫刻が得意な少年。

❀ジョー（Jo）…歌が得意な少女。

❀ジャミソン（Ja-mi-son）…後見役としてキラの身のまわりの世話や仕事の監督をする男性。

❀アナベラ（An-na-bel-la）…キラに染色を教える老女。

❀ヴァンダラ（Van-da-ra）…キラを村から追いだそうとする残忍な女性。

❀カトリーナ（Ka-tri-na）…染色と裁縫を仕事としていたキラの母。

❀クリストファー（Chris-to-pher）…狩人だったキラの父。キラが生まれる前、狩りの最中に命を落とした。

＊キラの住む村では、一定の加齢にしたがって名前に音節（ひとまとまりできこえる音の単位）がつけくわえられていく。そのため名前の音節数でおおよその年齢がわかるようになっている。たとえばキラの名前は、赤ちゃんのころはキァ（Kir）だったのが、成長にともないａの音がくわわり、一音節増えてキラ（Ki-ra）となった。

1

「お母さん？」

返事はなかった。あるはずもなかった。母が亡くなって四日がたっていた。キラには、魂のなごりが漂いながら離れていくのがわかった。

「お母さん」

なんでもいい、去ってゆこうとしているものに、もういちどそっと呼びかけてみた。夕暮れにそよ風のかすかなささやきがきこえるみたいに、それが別れを告げているのがわかるように思った。

これでまったくのひとりぼっちになった。孤独とよるべなさ、そして深いかなしみをおぼえた。これはかつてキラの母だった。思いやりのあるはつらつとした女性で、名前をカトリーナといった。とつぜんの病でしばらく伏せったあと、それはカトリーナの遺骸となったが、魂はまだそのなかに残っていた。四たび日が落ちてのぼると、魂も去った。いまや一個の遺骸にすぎなかった。穴掘り人たちが来て、この肉体に土を厚くかけるだろう。それでも夜になれば、かぎ爪のある飢えた生きものたちがやってきて、食べてしまうだろう。それから遺骸はばらばらになり、腐り、こなごなになって、土にかえるのだ。

きゅうに涙があふれてきて、キラはさっと眼をぬぐった。愛していた母をうしなってさびしくなることだろう。しかし、もう行かねばならない。やわらかな地面につきさした杖をたよりに立ちあがった。

あてもなくあたりをみまわした。キラはまだ若く、母とふたりきりの家族だったので、これまで死に接したことがなかった。そういえば、よその人たちが儀式を経験するのをみたことはある。だだっ広い、いやなにおいのたちこめる〈旅立ちの野《フィールド》〉で、人びとはめいめい魂の番をすべき者の遺骸のそばにうずくまっていた。そのなかにヘレナという名の女性がいた。早産で死んでしまったわが子の魂が、遺骸から去っていくのをみまもっていた。ヘレナが〈フィールド〉に来たのは、その日の前日だった。かろうじて宿ったもろい魂は、すぐに漂い去っていったから、新生児の死者は四日間にわたってみまもる必要はないとされていた。ヘレナもほどなく村の家族のもとにもどったことだろう。

キラはといえば、もう家族はだれもいない。帰る家もない。母と暮らした小屋はすでに焼かれてしまった。病気が発生したあとは、かならずこの処置をされるのだった。キラが知るただひとつの家だったあのちいさな建物は、もうあとかたもなかった。キラは母の遺骸のかたわらにすわりながら、家が燃やされる煙をみていた。漂い去る母の魂の番をしながら、自分の幼時の日々までもが灰になり、空に舞いあがっていくのをながめていた。

恐怖でかすかにぞくっとするのを感じた。ここでは、恐怖はつねに生活の一部だった。恐怖ゆえに、人びとは避難所をつくり、食べものをさがし、作物を育てた。いつでもつかえるように武器がたくわえられているのも、おなじ理由からだった。寒さへの、病気への、飢えへの恐怖があった。獣への恐怖があった。

そしていま、キラは恐怖にかりたてられ、杖にすがって立ちあがった。最後にもういちど、母の容れものであったなきがらをみおろしてから、どこへ行くべきかを思案した。

小屋を建てなおすことを考えてみた。望みはうすいが、もしだれかの手をかりられれば、ちいさな小屋を建てるのにそれほど時間はかからないだろう。とくにこんな初夏の季節には、木の枝はしなやかであつかいやすく、川岸で粘っこい泥がいくらでもとれるから、材料には困らない。キラはよく人が小屋を建てるのをみていたので、避難所のようなものなら自分でつくれるかもしれないと思った。建物の角や煙突は、まっすぐにはできないだろう。脚が悪くてのぼるのはほとんどむりだから、屋根はむずかしそうだ。でも、なんとかなるだろう。ともかく小屋を建てるのだ。そうすれば、生活をはじめるすべがみつかるだろう。

〈フィールド〉では、母の兄が二日のあいだ近くにいた。彼は、妹のカトリーナの魂をみまもるために来たのではなかった。自分の気のみじかい妻だったソロラと、夫婦のあいだにできたまだ名前のない新生児の遺骸のそばに、だまってすわっていた。キラと母の兄は、たがいをみとめてうなずきあった。だがその彼も、すでに〈フィールド〉でのつとめを終えて去っていた。彼には世話をすべきちびたち《タイク》がいた。夫婦のあいだには、ソロラに死をもたらした赤ん坊のほかにふたりのちびがいて、いずれもまだ幼く、名前も一音節で、ダンとマーといった。ひょっとしたら、わたしがあの子たちの世話をしてやれるかもしれない。キラは一瞬、そう考えた。村で生きていくすべをみつけようとしたのである。だが、考えが頭に浮かぶと同時に、それが許されるはずがないことも悟っていた。ソロラのちびたちは、子どものいない家に割りふられ、もらわれていくだろう。健康でたくましいちびは価値が高かった。きちんとしつけられれば家の用事に役だったから、おおいに欲しがられた。

キラを欲しがる人はいないだろう。じっさい、母のほかにはだれもいなかった。カトリーナはよく、キラが生まれたときの話をしてくれた。父親のいない、脚のねじれた女の子を生きのびさせようとして、自分がどんなに奮闘してきたかを、娘に語ってきかせた。

「かれらが、あなたをつれにきたのよ」カトリーナはその物語をキラにささやいた。陽が落ちたあとの小屋のなかでは、火があかあかと燃えていた。「あなたは生後一日、まだ名前もなかった。

あなたの赤ちゃん時代の、一音節の名前――」

「キァね」

「ええ、そうよ。キァって名づける前のこと。かれらはわたしに食べものを運んできた。そしてあなたを、〈フィールド〉につれさろうとしていた――」

キラは体をふるわせた。それが村のやりかたであり、ならわしだった。まだ名前のついていない、欠陥のある赤ん坊を、魂をえて人間になる前に土にかえすのは、慈悲ぶかい行為だった。しかしその考えかたは彼女をぞっとさせた。

カトリーナは、娘の髪をなでていった。「かれらに悪気はなかったのよ、ね」

キラはうなずいた。「それがわたしだってこと、知らなかったんだものね」

「それはまだ、あなたではなかったのよ」

「どうしてお母さんがことわったのか、もういちどお話しして」キラはささやいた。

母は記憶をまさぐりながらためいきをついた。

「もう子どもをさずからないだろうってことは、わかっていたの。あなたのお父さんは、獣に命をうばわれてしまった。お父さんが狩りに出かけて、もどってこなくなって、もう数か月たっていた。だから、お母さんは二度と赤ちゃんを生むことはなかった。

そうそう、それに、たぶんかれらは、そのうちに親のない子をわたしにあたえて、育てさせたでしょうね。でも、わたしはあなたを手ばなさなかったわ——たしかに、あなたの魂はまだあなたのなかに宿っていなかった。あなたの脚は曲がっていて、走れるようにならないのははっきりしていた。それでも、あなたの眼はかがやいていた。わたしはあなたの眼のなかに、なにかなみはずれたもののきざしを読みとったの。それに、あなたの指は長くてすんなりとしていて——」

「そして力強かった。わたしの手は、力強かったのよね」キラは満足げに応じた。この話はなんどもきいていた。そしてきくたびに、キラは自分のしっかりとした手を、誇らしくみおろすのだった。

母が笑いながらつづける。「力強いどころじゃなかったわ。わたしの親指をがっちりにぎって、離さないんだもの。親指がものすごい力でひっぱられるのを感じて、かれらにあなたをつれていかせることはできなかった。だから、むりですっていっただけ」

「かれらは怒ったのね」

「ええ。でも、わたしの心は決まっていた。それに、当時はわたしの父がまだ生きていたんだったわ。年をとって、四音節の名前になっていて、村の指導者だった。もう長いこと最高守護者をつとめていたの。かれらも父を尊敬していたわ。そしてあなたのお父さんも、長い狩りで命を落としさえしなければ、深く尊敬される指導者になっていたでしょう。すでに守護者にえらばれてもいたしね」

「お父さんの名前をいって」キラはせがんだ。

母は炉の火明かりをうけてほほえんだ。「クリストファー。知ってるでしょう」

「でも、音をききたいの。お母さんがいうのをききたいの」

「お話、つづけようか?」

キラはうなずいた。「お母さんの心は決まっていた。ゆずらなかった」そういって話のつづきをうながした。

「それでも、かれらはわたしに約束させた。あなたがお荷物にならないことを」

「ならなかったわね?」

「もちろんよ。あなたの力強い手とかしこさは、不自由な脚をおぎなっているわ。織物小屋では、体がじょうぶで、たよりがいのある助手よ。あそこで働いている女の人たちは、みんなそういっているわ。あなたの利発さにくらべたら、片方の脚がねじれていることなんて、とるにたりない問題よ。あなたがちびたちに語ってきかせるお話、言葉で描いてみせる絵——それに、糸で描く絵! あなたの糸づかいときたら! だれもみたことのないものね。わたしには、さかだちしてもできないわ!」

母は口をつぐむと、笑いだした。「もうじゅうぶん。おねだりしておせじをいわせないで。あなたはまだちいさな女の子だってことを、忘れないでちょうだいね。よくがんこになるってこともね。それに今朝は、キラ、あなた小屋をかたづけるのを忘れたでしょう。自分で約束したのに」

「明日は忘れないわ」キラは、寝床にはいあがって母にすりよりながら、眠たげにいった。ねじれた脚を手で押して、らくに眠れる位置におきなおす。「約束する」


けれど、もうだれも助けてくれる人はいない。ほかに身内もなく、村でとりたてて有用な人間でもない。キラは日々の労働として、織物小屋で助手をつとめていた。糸くずや布のきれはしをひろいあつめるのが仕事だった。しかし、ねじれた脚が、彼女の労働者としての価値ばかりか、将来的には結婚相手としての価値さえも低めていた。

たしかに織物小屋の女たちは、おちつきのないちびたちを夢中にさせるキラのつくり話を気に入っていた。彼女が縫うちょっとした手芸品に感心してもいた。だが、そうしたものは気ばらしであり、仕事ではない。

すでに陽は中天をすぎ、高木やとげのある低木の茂みの輪郭が影となって〈フィールド〉に落ちていた。キラはそれで、もう昼をとっくにすぎていることに気づいた。不安に浸ってぐずぐずしすぎた。この四日間、母の魂の番をしながら眠るとき敷物につかっていた毛皮のきれはしを、ていねいにかきあつめた。たき火は燃えつきて黒いすすになっていた。水のタンクはからっぽで、食べるものもつきていた。

村へもどる小道に向かい、杖をつかってゆっくりと脚をひきずっていく。それでもうけいれてもらえるかもしれないという、わずかな望みにしがみついていた。

開拓地のかたすみで、ちびたちが苔《こけ》におおわれた大地をはねまわって遊んでいた。裸の体や髪に松葉がはりついている。キラはほほえんだ。どの子も知っていた。黄色がかった髪のあの子は、母と親しかった女性の息子だ。ふた夏まえに彼が生まれたときのことをおぼえている。それからあの女の子は、ふたごで生まれたのだが、かたわれはすでに亡くなっていた。黄色い髪の男の子よりも幼くて、まだよちよち歩きだったけれど、ほかの子たちといっしょに「ここまでおいで」をして、きゃっきゃと笑いあっていた。幼児たちはちいさなこぶしに小枝をにぎりしめ、とっくみあったり、ぶったりけったりしあっている。キラはちいさいころ、仲間たちがこんなふうに遊ぶのをながめていたことを思いだした。この遊びは、大人になって経験することになる現実の争奪戦のトレーニングだった。脚が不自由なせいで参加できなかったキラは、うらやましく思いながら傍観していた。

もっと年かさの、八、九歳くらいの汚れた顔の男の子がいる。まだ思春期には入っておらず、いずれさずかる二音節の名前もついていない。下生えをはらいながら、火おこしにつかう小枝をあつめてたばねていたが、こちらをふりあおいだ。キラはほほえんだ。いつでも彼女の友だちでいてくれたマットだった。キラはマットが好きだった。じめじめした不快な〈沼地〉に住んでいて、親はたぶん荷引き人か穴掘り人だった。でも乱暴者の仲間といっしょに、いつもうしろに愛犬をひきつれて、村じゅう自由にかけまわっていた。そしてこの少年は、よくいまみたいに立ちどまって、ちょっとした雑用をしては、小銭やお菓子の報酬をもらうのだった。キラは少年に呼びかけた。犬が、曲がって小枝や葉がからまったしっぽで、地面をいきおいよく叩いた。少年はほほえみかえしてきた。

「〈フィールド〉から、もどったな」彼はいった。

「どんなだった？　こわかったろ。夜、生きもん、来たか？」

キラは首をふって少年に笑いかけた。まだ名前が一音節の幼いちびは、〈フィールド〉に立ちいることを禁じられていた。だから、マットが好奇心をもったり、すこしこわがったりしてもとうぜんだった。「生きものは来なかったわ」キラはそういって安心させた。「火をおこしたから、近づいてこなかったのよ」

「んじゃ、カトリーナ、もう体から出てったな？」

マットは、自分の住む土地の独特の言葉づかいでたずねた。〈沼地〉の出身者たちは、奇妙なほど変わっていた。耳なれない話しかたと粗野な態度ですぐにそれとわかる〈沼地〉の住民を、村のほとんどの人びとはみくだしていた。だがキラはちがった。マットが大好きだった。

少年の問いかけにキラはうなずいた。

「お母さんの魂は行ってしまったわ。体から離れていくのをみまもったの。霧みたいだった。ふわふわ離れていったわ」

マットは、腕いっぱいに小枝をかかえてやってくると、キラのほうをかなしそうにちらっとみて、鼻にしわをよせた。「キラの小屋、ひっでえ焼けこげだ」

キラはあいづちをうった。内心では思いちがいであってほしいと願っていたにせよ、家が破壊されてしまったことは知っていた。ためいきとともに少年にいった。

「わかってる。なかにあったものも、ぜんぶ燃えちゃったかしら？　枠は？　かれら、わたしの刺しゅう枠も燃やしちゃった？」

マットは顔をしかめていった。「おいら、もの、たすけようとした。けど、あらかた燃えちまった。おまえの小屋だけだぜ、キラ。どえらい病気が出たときとちがうな。こんどは、おまえのかあちゃんだけ」

「そうね」キラはまたためいきをついた。過去に、小屋から小屋へと、つぎつぎに病気が広がり、おおぜいの人びとが亡くなったことがあった。そういうときには、広範囲にわたる焼却がおこなわれた。そしてそれにつづく再建の時期は、職人たちが新しい建物の木組みの壁面に湿った泥を塗りつけては念入りにならしていく音で、ほとんどお祭りさわぎのようになるのだった。焼却後のこげくさいにおいは、新しい家々が建つころになっても大気に残っていた。

だが、今日はなんのにぎわいもない。きこえてくるのは日常の音だけだった。カトリーナの死は、人びとの生活になんの変化もおよぼさなかった。彼女はそこに存在していた。そしていなくなった。人びとの生活はつづいていた。

少年とつれだって歩いていたキラは、井戸のところで足を止め、タンクを水で満たした。いたるところでいいあらそう声がする。口論の声音は、村にたえず響いている音のひとつだった。男たちは権力をきそって毒舌をふるった。女たちはたがいをねたみあい、声高に自慢話をし、他人をあざけった。そして足もとでむずかったり、すすり泣いたりしているちびにすぐ腹を立てては、けとばしてどかすのだった。

キラは午後の陽光を手びさしでさえぎり、眼を細めて、かつて自分の小屋のあった空き地をさがした。深呼吸をする。若木を採集するには、長い道のりを歩かなければならないだろう。川岸で泥をすくうのは、つらい仕事になるだろう。四隅につかう重い材木をもちあげたりひいたりするのは、骨が折れるだろう。「わたし、建てはじめなきゃ」彼女はマットにいった。少年はあいかわらず、すり傷だらけの汚れた腕に小枝の束をかかえていた。

「手伝いたい？　わたしたちふたりなら、楽しくなるんじゃないかしら」そしていいたした。「お礼ははらえないの。でも、新しいお話をしてあげる」

少年は首をふった。「たきつけの小枝ども、かたづけねえと、ぶったたかれる」彼は、そういって顔をそむけた。そしてすこしためらったのち、キラのほうを向きなおり、小声でいった。「おいら、あいつら話してるの、きいた。あいつら、キラにいてほしくない。かあちゃん死んだんで、あいつら、キラ追いだそうとしてんだ。〈フィールド〉につれてって、獣にやっちまう気だ。荷引き人たちにつれていかせるってさ」

キラは、恐怖で胃がしめつけられるのを感じた。それでもおちついた声をたもとうとした。マットには知っていることを教えてもらう必要があった。自分がおびえていることが伝われば、彼は警戒してしまう。「『あいつら』って、だれなのよ？」いらいらした声で問いつめた。

「あいつら、女たちさぁ」マットは答えた。「井戸のとこで話してんの、きいた。おいら、ゴミんなかから、木のきれっぱし、ひろってた。あいつら、おいらがきいてんの、気づきもしねえ。けどさ、あいつら、おまえの場所、欲しがってる。おまえの小屋があったとこだよ。そこへオリを建てようとしてんのさ。ガキどもとニワトリ、そこへ閉じこめりゃ、ねんがらねんじゅう追っかけまわさねえですむからさ」

キラは少年をみつめた。ぞっとするような、ほとんど信じがたいほどの、なにげない残酷さ。女たちは、いうことをきかない幼児とニワトリを閉じこめる檻をつくるために、キラを村から追いだそうとしている。そして、〈フィールド〉でえさをあさろうと森で待ちかまえている獣に、彼女をむさぼり食わせようというのだ。

すこし間をおいて、キラはたずねた。「わたしを追いだそうって、いちばん強くいっていたのはだれだった？」

マットは考えこんだ。小枝の束をもちかえた。キラには、少年ができれば彼女の問題にまきこまれたくないと感じ、自分じしんの運命を案じていることがわかった。それでも、彼はどんなときもキラの友だちでいてくれた。ついに少年は、まずあたりをみまわして、だれもきいていないのをたしかめた。そして、キラが一戦をまじえなければならないであろう人物の名をささやいた。

「ヴァンダラだ」

意外な名前ではなかった。それでも、キラの心はしずんだ。

2

キラはまず、なにも知らないふりをしておいたほうがいいと判断した。母と暮らした小屋のあった場所へもどって、家を建てはじめよう。もしかしたら、キラがそこで作業しているのをみただけで、彼女を追いだしたがっている女たちが思いとどまるかもしれない。

杖にすがって村の人混みのなかを進んでいった。あちこちで、彼女の姿をみとめた人びとがそっけなくうなずく。そもそも、みな日々の仕事でいそがしいので、親しげなあいさつをかわす習慣がなかった。

母の兄がいた。妻子と暮らしてきた小屋のわきの菜園で、息子のダンといっしょに作業をしていた。妻のお産が近づき、出産し、亡くなるまでのあいだ、彼の菜園の雑草はほったらかしにされていた。その後、彼が〈フィールド〉で亡き妻と子につきそっていたあいだ、さらに日がたち、草はますます生いしげっていた。豆のつるをからませた支柱が倒れてしまっているのを、ぷりぷりしながら立てなおす父を、ダンが手伝おうとしている。ダンよりも幼い娘のマーは、菜園のはずれの地べたにすわりこんで遊んでいた。みていると、父親は、支柱をまっすぐもてないのかといって息子を叱りつけ、その肩をはげしくひっぱたいた。

キラは、ひと足ごとに杖をしっかりと地面に突きたてながら、かれらの横を通りすぎた。向こうが自分に気づいたら、会釈をするつもりでいた。だが、泥遊びをしていたマーが泣きながらつばを吐いただけだった。赤ん坊らしく石ころの味をためしてみたところ、いやな味のする砂利を口いっぱいにほおばってしまったのだ。いっぽうダンは、キラのほうをちらっとみたものの、父の平手打ちにちぢみあがっていて、あいさつするそぶりも、こちらに気づいたようすもみせなかった。母のたったひとりのきょうだいである男は、作業の手を止めて顔をあげることはなかった。

ためいきがもれた。彼には、まがりなりにも助手がいる。自分は、年下の友人であるマットや彼の仲間たちの手をかりることができなければ、なすべき仕事のすべて――小屋の再建と菜園づくり――をひとりでやらなければならない。それも、村にとどまることを許されたかのようによそおいながら。

胃が鳴って、キラは自分がどれほど空腹か気づいた。ちいさな小屋の家並みをすぎたところで小道を曲がり、自分の土地に近づくと、黒い灰の山となった家の残骸があらわれた。家具や生活用品はなにも残っていなかった。だが、ささやかな庭が残っているのをみてうれしくなった。母が丹精した花々がまだ咲いており、初夏の野菜が陽なたで熟れていた。さしあたり、いくばくかの食べものだけは手に入りそうだ。

いや、はたしてそうだろうか。眼をこらしていると、ひとりの女がすぐ近くの木立から飛びだしてきた。こちらを一瞥《いちべつ》するや、ずうずうしくも、キラが母とともに手入れをしてきた庭から、ニンジンをひっこぬきはじめた。

「やめて！　わたしのものよ！」キラはねじれた脚をひきずりながら、せいいっぱいの速さで向かっていった。

女はせせら笑いながら、両手いっぱいに泥まみれのニンジンをかかえて、ゆっくりと歩み去った。

キラは庭の跡にいそいだ。水のタンクを地面におくと、ジャガイモをいくつか掘りだし、泥をはらって食べはじめた。身内に狩人がいなかったので、たまに村の境界内でちいさな生きものをつかまえることができたときをのぞけば、キラも母も肉を食べる習慣がなかった。男たちのように森へ狩りに行くことはできなかった。でも川にはたくさん魚がいて、かんたんにつかまえられた。母子はそれ以上なにもいらなかった。

しかし、野菜はどうしても欠かせなかった。キラは思った。〈フィールド〉ですごした四日のあいだに、庭の作物が根こそぎ奪われずにすんで、運がよかったわ。

飢えが満たされたので、腰をおろして脚を休めた。あたりをみまわしてみる。家の敷地のはずれ、灰の山のそばに、枝を刈りとられた若木が大量においてあった。まるでだれかが、彼女が小屋を建てなおすのを手伝おうと準備していたみたいだ。

だが、キラは慎重だった。立ちあがると、ためしにそのなかから細くてしなやかな若木を一本えらび、手にとってみた。

間髪を入れず、ヴァンダラがすぐ近くの空き地から出てきた。そこで監視していたのだった。キラは、彼女がどこに住んでいるのか知らなかったし、彼女の夫や子どもがだれなのかも見当がつかなかった。小屋がこのあたりにないことはたしかだった。だが彼女は村じゅうで知られた人物で、人びとのうわさの種だった。有名で、敬われていた。あるいは、おそれられていた。

この女は、背が高くて筋骨たくましく、もつれた長い髪をうしろで無造作にひっつめ、ひもで結わえていた。その黒い瞳でみすえられると、キラは感じかけていたおちつきをひきさかれてしまった。女のあごをひときわめだたせているかぎ裂きの傷は、首からがっしりした肩にまでつづいている。この傷は、ずいぶん前に、森に棲む生きものとたたかったときにできたものだといわれていた。彼女のほかに、こんなふうにかぎ爪で攻撃されてぶじだった者はいなかった。だれもがその傷をみると、ヴァンダラの度胸とエネルギー、そして邪悪さをも思いだすのだった。獣の巣から赤ん坊をぬすみだそうとしたものだから、母親に襲われてひっかかれたんだ——子どもたちはそうささやきあった。

いま、キラと対峙したヴァンダラは、またもや若い命を滅ぼす準備をしていた。

森の生きものとちがって、キラにはたたかうためのかぎ爪がない。木製の杖をにぎりしめて、恐怖心をみじんもみせまいとしながらみつめかえした。

「小屋を建てなおすためにもどってきたんです」キラはヴァンダラに告げた。

「もうおまえの場所じゃない。あたしのだ。この若木もあたしのさ」

「わたしも自分のぶんをとりますよ」キラは譲歩した。「でも、わたしはこの場所に家を建てます。ここはわたしが生まれる前から、わたしの父の土地で、父の死後は母のものになった。そして母が亡くなったいま、ここはわたしのものなんです」

あたりの小屋からほかの女たちが出てきた。「あたしら、ここが入り用なんだ」なかのひとりが叫んだ。「若木をつかって、ガキどもを入れとく檻をつくるんだ。ヴァンダラが思いついたんだ」

幼児の腕を乱暴につかんだまままそう叫んだ女に、キラは答えた。「お子さんたちを閉じこめておきたいんだったら、いい考えかもしれないですね。でも、この区画はだめよ。やるならほかの場所でどうぞ」

ヴァンダラはかがみこんで、ちびのこぶしほどもある石をひろいあげた。「あたしら、おまえにいてほしくないんだ。おまえはもう村の一員じゃない。おまえなんぞ役たたずさ。その脚じゃあね。これまではいつも母親にまもられてたけど、もういない。おまえもうせな。〈フィールド〉にずっといりゃあよかったんだよ」

キラは、自分が敵意の女たちにかこまれていることを悟った。小屋から出てきた女たちは、ヴァンダラをリーダーとあおぎ、その指示を待っていた。気づけば、何人かは石を手にしている。ひとつ投げられたら最後、つぎつぎに石つぶてが襲いかかってくるだろう。女たちはみな最初の一投を待ちかまえていた。

お母さんなら、どうしたかしら？　キラは必死に考えた。自分のなかに生きつづけている母の魂のかけらから、知恵をひきだそうとした。

あるいは、わたしが生まれたことさえ知らなかったお父さんなら？　お父さんの魂もやっぱり、わたしのなかに生きている。

キラは胸をはって話しだした。おちついた声をたもって、ひとりずつ順に眼をみて話すようにした。視線を落とし、地面をみつめる者もいた。いい兆候だ。彼女たちが弱いということだ。

「みなさん、ご存じでしょう。村で、死者が出るかもしれない争いごとがおきたときには、〈守護者評議会〉に出頭する必要がありますよね」キラの言葉に、何人かが同意のつぶやきを発した。ヴァンダラは手に石をにぎったまま、いつでも投げられるように肩をいからせている。

キラは、こんどは眼だけはまっすぐにヴァンダラをみすえながら、ほかの者たちに向かって話しかけた。彼女たちの助けが必要だった。同情をひくのはむりだとわかっていたので、女たちの恐怖心に訴えかけた。

「思いだしてください。もし、争いごとを〈守護者評議会〉にゆだねずに、死者が出たら……」つぶやきがきこえた。「もし死者が出たら……」ひとりの女が、ききとりづらい、不安げな声でくりかえしていた。

キラは待った。できるだけ堂々と、背すじをのばして立っていた。

とうとう集団のなかのひとりが、規則の文章を終わりまで口にした。「その死をひきおこした者は、死ななければならない」

「そうだ。死をひきおこした者は、死ななければならない」ほかの声がくりかえした。ひとり、またひとりと、女たちは石を手ばなした。ひとりずつ順ぐりに、「死をひきおこす者」になることを拒んだ。キラはわずかに緊張をゆるめはじめた。さらに待った。観察した。

ついに、武器を手にしているのはヴァンダラだけになった。キラをにらみつけ、投げつけてやるぞといわんばかりにひじを曲げておどかしている。だが、彼女も最後には、ちょっとキラのほうに投げるふりをしてから、石を地面に落とした。

「あたしがあの娘を〈守護者評議会〉へひったてるよ」ヴァンダラは女たちに告げた。

「あたしゃ、よろこんで原告になる。あの人らに追いだしてもらおうじゃないの」彼女は冷酷な笑みを浮かべてつづけた。「あたしらが、こいつを追いだすために人生をむだにすることぁないんだ。明日の夕方までには、この土地はあたしらのものになって、こいつは出ていくのさ。それから〈フィールド〉へ行って、獣たちを待つんだ」

女たちがいっせいに、すでに深い闇にしずんだ森の方角に眼をやった。獣たちが待ちかまえる場所。キラは、つられてみてしまわないよう、自分をおさえた。

ヴァンダラが、石をにぎっていたほうの手で自分ののどの傷痕をなぞった。そして意地悪く笑った。「おぼえてるよ、どんなだったか。自分の血が、地べたにボトボト落ちるのがみえるんだ」

そして彼女は、その場にいる全員に思いださせた。「あたしは生きのびたよ。なぜって、体が強かったからさ」

ヴァンダラはさらにつづける。「明日の宵には、この娘はのどにかぎ爪を食らってる。そしたら、この二音節のかんちがい娘も、母親のわきで自分も病気で死んでればよかったと思うだろうよ」

女たちは、そうだそうだとうなずきながら、キラに背を向けて立ち去った。めいめい、かたわらの幼いちびたちを叱りつけたり、けとばしたりしている。すでに陽は低かった。女たちは、腹をすかせ、暖をもとめ、傷口の手当を必要としている男たちの帰宅にそなえて、晩の仕事に精を出すことだろう。

彼女たちのひとりは出産をまぢかにひかえていた。お産は今夜かもしれず、そうなればほかの女たちが世話をするだろう。妊婦の叫び声が外へもれないようにしたり、赤ん坊の価値を査定したりするのだ。それ以外の者たちは、今夜性交をして、村の新しい一員を生みだしていくだろう。

負傷や病気や加齢で死んでいく年かさの者たちにかわって、村の将来を支える新しい狩人が必要だった。

キラには、〈守護者評議会〉がどのような判決をくだすのか見当もつかなかった。わかっているのはただひとつ。とどまるにせよ去るにせよ、つまり母の土地に小屋を建てなおすにせよ、〈フィールド〉へ行って森で待つ獣たちに立ちむかうにせよ、ひとりでやらなければならないということである。灰で黒ずんだ地面にぐったりとすわりこみ、夜を待った。

すぐ近くにあった木片をひろいあげた。手の上でころがしながら強度と真直度をたしかめる。とどまることを許されればの話だが、小屋を建てるためにはじょうぶな心材がいる。マーティンという名の木こりのもとへ行くことになるだろう。彼は母の友人だったし、物々交換に応じてくれそうだ。必要な梁材とひきかえに、彼の奥さんのために飾り布をつくることを申しでてもいい。将来、生計の手段になるかもしれないと考えている仕事のためには、小ぶりでまっすぐな木片も入り用になるだろう。いま手のなかにある木片ではしなりすぎて役にたたないと思いながら、地面にほうった。明日、もし〈守護者評議会〉が自分に有利な判決をくだしてくれたら、必要な木片をさがそう。丈のみじかい、平らな木片がみつかれば、組みあわせて角をつくることができる。彼女はすでに、新しい刺しゅう枠をつくるつもりになっていた。

キラはいつでも手先を器用につかった。まだ年端もいかぬころに、染めた糸を針で織布に通し、模様を描いていく方法を母が教えてくれた。しかし最近になって、キラの技能はとつぜん、たんなる器用さ以上のものになった。あるとき驚異的な創造性の爆発がおこり、キラの才能は母の教えをはるかに超えていったのである。いまでは、教えられたり練習したりしなくても、彼女の指はためらいなくやりかたを察知した。えりすぐった糸をよりあわせて編んだもので刺しゅうをほどこし、あざやかな色彩の氾濫する意匠を生みだしていく。その知恵が、どのようにして自分におとずれたのかはわからなかった。だが、それはたしかに彼女の指先に宿っていた。そしていま、キラの指たちは、仕事をはじめたくてかすかにふるえていた。キラは思った。村にとどまる許可がおりさえすればいいのだけど。

3

うんざり顔のメッセンジャーが、首の虫さされの痕をかきながら、夜明けにキラのところへやってきた。昼前に〈守護者評議会〉に出頭せよとのことだった。陽が中天に近くなったころ、キラはメッセンジャーの指示にしたがい、身なりをととのえて出かけた。

〈評議会議事堂〉は、おどろくほどどりっぱだった。〈崩壊〉の前から存在する建物である。〈崩壊〉は、はるかなむかし、現在生きている人びとはもちろん、その父母も祖父母も生まれていないころの出来事だった。人びとは〈崩壊〉について、年にいちどの〈集会〉で披露される〈歌〉で伝え知るのみだった。

村の〈歌手〉の唯一の仕事は、年にいちどその〈歌〉を披露することだった。うわさでは、彼はその日にそなえていく日も休養し、ある種のオイルをすすりながら声をととのえておくという。〈崩壊の歌〉は、とても長くてくたびれるものだった。この世のはじまりから、無数の世紀にわたる人間の物語が歌によってあますところなく語られる。それはおそろしい歌でもあった。過去の物語は戦争と災害で満ちていた。とりわけおそろしかったのが、〈崩壊〉、つまり祖先がきずいた文明が滅びるさまを喚起するくだりだった。詩句のつらなりからは、有毒なガスがたちこめ、大地が裂けるようすや、巨大な建物が崩れおちて波に押し流される光景が浮かびあがった。毎年すべての住民が歌をきくことを義務づけられていた。しかし〈崩壊〉が描写されるあいだは、母親たちがいちばん幼いちびの耳をふさいで、きかせないようにすることもあった。

〈崩壊〉をまぬがれたものはごくわずかだったはずなのに、どういうわけか〈議事堂〉と呼ばれるその建造物は堅固に残っていた。とてつもなく古い建物だ。いくつかの窓には、深紅と金の色つきガラスを組みあわせて模様をつくったものがはめこまれたままになっている。こんなすばらしいガラスをつくる技法がうしなわれてしまったなんて、おどろくべきことだった。色つきガラスが割れてしまった部分に、ふつうのぶあついガラスをはめた窓もあって、気泡と波紋のせいで風景がゆがんでみえた。そのほかの窓はただ板でおおっただけなので、屋内はところどころうっそりと暗かった。それでも〈議事堂〉は、村のどこにでもある納屋や小屋にくらべればりっぱだった。

メッセンジャーの指示どおり正午近くに出頭すべく、キラはひとり、明かりのともる長い通路を歩いていった。両側の壁にそってならぶ背の高いオイルランプ台から、ぱちぱちと火の燃える音がする。前方の閉じた扉の向こうから、会議をする声がきこえてきた。男たちが小声で議論していた。キラの杖が板張りの床にゴスンとあたった。不自由な脚が、ほうきをひきずるような音を立てて床をこすった。

「自分の痛みに誇りをもちなさい」母はいつもキラにそう教えた。「あなたは、痛みを知らない人よりも強いのよ」

いまその言葉が脳裏によみがえり、キラは母がさとした誇りをみいだそうとした。やせた肩をぴんと張る。粗い布でできたワンピースのしわをのばす。体は小川のきれいな水で念入りに洗ってある。先のとがった小枝で爪も掃除した。木彫りのくしで髪もとかした。母の死後、自分のちいさな貯蔵袋にくわえた形見のくしだった。豊かな黒髪は器用に三つ編みにして、そのたっぷりした先っぽを革ひもで結わえてあった。

深呼吸をして不安をしずめながら、ぶあつい扉をノックする。なかではすでに〈守護者評議会〉の会議が進行中だった。扉がすこしだけ開いて、うす暗い廊下にV字型の光がこぼれた。顔を出した警備の男が、うさんくさそうにこちらをみてからドアを押しひろげ、なかへ入るよう手まねきした。

「被告、孤児のキラがまいりました!」警備員が告げると、つぶやきがしずまった。そこにいる全員が、入場するキラを無言でみつめた。

巨大なホールだった。キラは例年の〈集会〉のような儀式のさいに、母といっしょに来たことがあった。そのときは、あつまったおおぜいの人びとにまじって、ずらりとならんだベンチに腰かけた。ステージには祭壇がひとつすえられているだけだった。なかに祀《まつ》られている〈崇拝対象〉は、二本の棒を十字形に結びつけたかたちの、謎めいた木の物体だった。むかしは偉大な力をもっていたといわれるこの物体にたいして、人びとはつねに敬意をもって、てみじかに、だがうやうやしく頭をさげた。

でも今日はひとりだ。群衆はいない。ふつうの住民の姿はない。いるのは〈守護者評議会〉の面々だけだ。一二人の男たちが、ステージ下におかれた長いテーブルをかこんで、キラのほうを向いてすわっていた。立ちならぶオイルランプで場内は明るかったが、男たちの背後にはめいめい自分用のかがり火もともされて、卓上に散らばった大量の書類を照らしていた。男たちは、キラがおずおずと通路にそって進むのを注視していた。

キラは、どんな儀式でもおこなわれていた手順を思いだして、すかさず両手を畏敬の念をあらわすかたちにした。てのひらをあわせて、指先があごの下に来るようにする。テーブルのところまでたどりつくと、その姿勢のままステージ上の〈崇拝対象〉をうやうやしくみあげた。守護者たちは満足げにうなずいた。どうやら適切な身ぶりだったようだ。つぎになにがおきるのかと待ちかまえながらも、いくぶんか緊張がほどけた。

警備員が二ばんめのノックに応じ、第二の人物の入場を大声で告げた。「原告のヴァンダラがまいりました!」

そうだった。当事者は自分と彼女のふたりなのだった。キラは、顔は守護者たちに向けたまま、眼ではヴァンダラが大またでテーブルにいそぎ、自分とならぶのを注視していた。ヴァンダラがはだしで、汚れた顔をしているのに気づいて、ささやかな満足感をおぼえた。彼女はなんら特別な準備をしてこなかったのだ。それがぜったいに必要だったわけではないかもしれない。しかしキラは、ひょっとすると身ぎれいにしてきたことで、自分がほんのわずかの敬意と、多少なりとも優位をえられたのではないかと思った。

ヴァンダラが手をあわせて敬けんな姿勢をとる。これで五分五分だ。つづいてヴァンダラはおじぎをした。守護者たちがそれにうなずきかえしたのをみて、キラの胸は不安でうずいた。

おじぎをするべきだったわ。頭をさげるきっかけをみつけなくちゃ。

「われわれがあつまるのは、争いごとに判決をくだすためだ」白髪の最高守護者が高圧的な声で話した。キラは、彼の四音節の名前をどうしても思いだせなかった。

わたしはだれとも争ってなどいなかった。ただ小屋を建てなおして、自分の人生を生きたかっただけよ。

「原告はだれだね?」白髪の男がたずねた。むろん彼は答えを知っているはずだが、そう問いかけることが、正式な儀式次第の一部をなしているらしかった。べつの守護者が問いに答えた。はじのほうにすわっているがっしりした体格の男で、数冊のぶあつい本と大量の書類を前に積みあげていた。キラは好奇心にかられてそれらの本をみつめた。いつも読むことを切望していた。だが、女性には禁じられていた。

「最高守護者さま。原告は成人女性のヴァンダラです」

「それで、被告は？」

「被告は、孤児の少女キラです」男は書類にちらっと眼をやったが、読んでいるようすはなかった。

被告？　わたしはなんの罪で訴えられているというの？　くりかえされるその言葉をきいているうちに、パニックの波が押しよせてきた。でも、おじぎをして謙虚さを示すチャンスかもしれない。キラは頭と上半身をすこしかたむけて、みずから「被告」であることをみとめた。

白髪の男が、原告と被告を冷静な眼でみわたした。キラは杖にすがりながら、できるだけまっすぐに立っていようとした。キラの背丈は原告とほとんど変わらなかった。だがヴァンダラのほうが年上で体重も重い。獣とたたかって生きのびたしるしである例の傷痕をのぞけば、体に欠陥もない。その傷にしても、不気味ではあるが、彼女の強さをきわだたせるものだった。キラの欠陥は、なんら華々しい経歴を伝えるものではない。傷で外見をそこなわれた怒れる女のかたわらで、キラは脱力感と力不足を感じ、運がつきたと思った。

「はじめに原告が話しなさい」最高守護者が命じた。

ヴァンダラは断固とした攻撃的な声で話しだした。「この娘は、生まれてすぐに、名前のないままで、〈フィールド〉につれていかれるべきだったんです。それがならわしです」

「つづけなさい」最高守護者がうながした。

「この娘は傷ものです。そのうえ父なし子です。村にとどまらせるべきじゃなかったんです」

でも、わたしは強かった。そしてわたしの眼はかがやいていた。お母さんがそういっていた。お母さんは、わたしを手ばなさなかった。キラは、重心をうつしてねじれた脚を休めながら、自分が生まれたときの話を思いだしていた。はたして、それをここで語るチャンスがあるだろうか。わたしは、お母さんの親指を、とてもきつくにぎったんです。

「あたしらはここ数年、この娘がいることをじっとがまんしてきました」ヴァンダラはつづけた。「ところがこの娘ときたら、なんにも貢献していません。掘ることも、植えることも、草とりもできない。おなじ年ごろの娘たちがやっているような、家畜の世話さえできないんです。あのポンコツ脚をひきずってうろつくだけで、役にたたないお荷物も同然です。のろまなくせに、大食いですしね」

守護者たちは注意ぶかく耳をかたむけていた。キラはきまり悪さで顔がほてった。たしかにキラはよく食べた。彼女の原告がのべていることは、なにもかもほんとうだった。

食べる量をへらします。おなかがへってもへいきです。心のなかで自己弁護にそなえてはみるものの、それが弱々しい泣きごとでしかないように感じていた。

「この娘は、規則に反してとどまることを許されました。祖父がまだ生きていて、力をもっていたからです。でも彼はとっくに亡くなって、もっと多くの力と知恵をおもちの、新しい指導者がとってかわったわけです――」

ヴァンダラは自分の主張を補強しようともくろんで、やんわりとおせじをいいだした。キラは、最高守護者がそれにまどわされているかどうかたしかめたくて、視線を走らせた。だが彼の顔は無表情だった。

「父親は、この娘が生まれてもいないころに獣に殺されました。そしていまや母親も死んでいます」ヴァンダラがつづける。「その母親が、住民を危険にさらすような病気を運んできたんじゃないかと思われるふしさえあるんですよ――」

ちがう！　病気になったのはお母さんだけよ！　わたしをごらんなさいよ！　お母さんが亡くなったとき、その横で寝ていたのに、わたしは病気になっていないわ！

「――それに、女たちが、この親子の小屋が建っていた場所を必要としてます。この役たたずの娘には居場所はありません。結婚もできないんですからね。手足の不自由な者なんぞ、だれも欲しがりませんよ。この娘ときたら場所は食うわ、食いぶちはかかるわ、そのうえガキどものしつけをじゃますするんです。話をきかせたり、遊びを教えたりするもんだから、ガキどもがさわぎたてましてね。仕事のじゃまなんですよ――」

最高守護者が手をふってさえぎった。「もういい」

ヴァンダラは顔をしかめて口をつぐむと、かるくおじぎをした。

最高守護者は、意見や質問をつのるかのように、席についているほかの一一人の守護者たちの顔をみまわした。守護者たちが順にうなずきかえした。だれもなにもいわなかった。

白髪の最高守護者が口を開いた。「二音節の少女、キラよ。おまえはかならずしも自己弁護をする義務はない」

「しなくてよいのですか？　でも――」もういちどおじぎをするつもりが、あせっていて忘れた。思いだしてやってみたものの、あとづけのぎこちない会釈になってしまった。

最高守護者はふたたび手をふって、だまるように合図した。キラはしかたなく、口を閉じて耳をすませた。

「若さを考慮して、おまえには選択の余地があたえられる。おまえじしんが自己弁護をしてもよいし――」

キラはたまらずまた話の腰を折った。「あっ、はい！　わたし、やりたいです、自分で――」

最高守護者はキラの興奮を無視してつづけた。「さもなくばわれわれが、おまえのために弁護人を指名する。指名された一名が、われわれのよりすぐれた知恵と経験をもちいて、おまえを弁護することになる。しばし考えてみなさい。キラ、おまえの人生がそれによって決まるかもしれないのだからね」

だけど、あなたがたは他人なんですよ！　わたしが生まれたときの話をどうやって語るつもりですか？　わたしの眼のかがやきを、お母さんの親指をにぎった手の力強さを、どうやって説明するっていうの？

なすすべもなく立ちつくした。キラの未来はがけっぷちだった。かたわらには敵意。ヴァンダラはずっと沈黙していたが、その息づかいは速くて荒々しかった。キラはテーブルをとりかこむ男たちをみつめて、だれが弁護人にふさわしいか、みきわめようとしてみた。しかし彼らからは、キラへの敵意も、さしたる関心も感じられなかった。あるのはただ、キラの決断を待つあいだの期待感だけだった。

苦悩のなかで、キラは両手をワンピースの深いポケットの奥へと押しいれていた。母の木ぐしの親しみぶかいかたちが手にふれたので、やすらぎをもとめてなでてみた。そのとき、親指が、飾りつけされた四角いちいさな織布にさわった。数日来の混乱のなかで、この布きれのことを忘れていた。いま、母の臨終につきそっていたあいだに、自分の手がその意匠を勝手にかたちづくったときの記憶がよみがえった。

ずいぶん幼いころ、その知恵はまったくふいにキラにおとずれた。そのとき母の顔に浮かんだおどろきの表情を思いだす。ある日の午後、娘がとつぜん、確信をもって糸をえらび、模様をつくったのをみて、母は歓喜と驚愕で笑いだしながらいった。「そんなこと、教えてないわ！　わたしにはやりかたがわからないもの！」キラだって、やりかたを知っていたわけではなかった。それはほとんど魔法みたいにふってきたのである。まるで、糸たちが話しかけてきたか、歌ったみたいだった。この最初の経験をさかいに、知恵が増えていった。

キラは布きれをにぎりしめた。それが感じさせてくれていた確信を思いだそうとした。今日はそういうたしかさをまったく感じない。弁明の言葉が浮かばない。わたし、この縁もゆかりもない男の人たちのだれかに、自分の弁護をゆだねなければならないのね。

おびえたまなざしで男たちをみつめる。と、おだやかに、はげますようにみつめかえしてくるひとつの視線とぶつかった。キラは、彼が自分にとって重要な人物だということを直感した。それだけでなく、覚醒や経験といったものも感じとれた。深呼吸をする。糸で飾られた布が、手のなかでぬくもりとなつかしさをおびていた。キラは身ぶるいした。だがその声は確信に満ちていた。「弁護人の指名をお願いいたします」

最高守護者はうなずいた。「ジャミソン」彼はきっぱりとそう告げて、自分の左側三人めの男性に合図をおくった。

冷静で思慮ぶかげな眼をした男性が、彼女を弁護するために起立した。キラは待った。

4

ジャミソン。それが彼の名前だった。キラにとってはききなれない名前だ。村にはおおぜいの人が住んでいたし、幼児期を終えたあと、男女はとても厳格に分離されていた。

起立した男性を注視する。背が高く、きれいにとかしたやや長めの黒髪を、首のうしろで、木彫りの髪飾りをつかって留めていた。キラは、それが若い木彫職人の作品だと気づいた――なんて名前だったかしら？　そう、トマスだわ。その職人は、「〈彫刻家〉トマス」と呼ばれていた。まだ若くて、キラより歳上ではなかったが、すでにそのすばらしい才能を買われて選出されていた。彼の熟達した手から生みだされる彫刻品は、村のエリート層のあいだでおおいに人気をあつめていた。一般の住民はアクセサリーを身につけたりしなかった。キラの母は首に革ひもでペンダントをさげていたが、いつも人にみられないように襟のなかに隠していた。

キラの弁護人は、テーブルにおかれた書類の束をとりあげた。原告の話をききながら、彼はその書類にきちょうめんになにか書きこんでいた。大きくて指の長い手の動きは確信に満ちていて、ためらいもあいまいさもうかがわれなかった。右の手首に、革ひもを編んでつくったブレスレットをしている。その上の服で隠れていない部分をみると、筋肉質のがっしりした腕をしているのがわかった。高齢ではなかった。ジャミソンという名前もまだ三音節だし、頭も白髪ではない。キラは、彼が中年であり、ことによると亡くなった母とおない年かもしれないと推測した。

弁護人は、手にもった束のいちばん上の書類に眼を落とした。キラの立っている位置から、彼が点検中の書きこみがみえた。読めたらどんなによかっただろう！

やがて彼は話しだした。「告発理由について、順を追ってみていきたいと思います」そして書類から眼を離さずに、ヴァンダラの言葉を反復していった。ただし、彼女の怒りに燃えた口調はまねなかった。「『この娘は、生まれてすぐに、名前のないままで、〈フィールド〉につれていかれるべきだったんです。それがならわしです』」

書きこんでいたのはこれだったのね！　あとでくりかえせるように、ヴァンダラの言葉を記録しておいたんだわ！　告発の内容をふたたびきくのは苦痛だったものの、キラは敬服の念をもって反復の有用性を悟った。反復されたあとでは、話の内容について口論する余地はなくなるだろう。ちびたちのなぐりあいやいさかいはたいてい、「おまえはこういった」「いいや、いってない」「あいつはおまえがこういったっていってる」というせりふや、その無数のバリエーションではじまっていたではないか。

ジャミソンはテーブルに書類の束をおくと、緑色の革装のぶあつい本をとりあげた。キラは、守護者たちがそれぞれまったくおなじ本をもっているのに気づいた。

弁護人は、審理中にしるしをつけていたページを開いた。彼はヴァンダラが告発理由をのべているあいだ、その本のページをくっていたのだ。

「『それがならわしである』という点で、原告はまちがっておりません」ジャミソンは守護者たちに向かって告げた。キラはこの裏切りに、ふいうちを食らったように感じた。彼はキラの弁護人として指名されたのではなかったのか？

弁護人は、あるページの、文字がぎっしり書かれた箇所を指さしていた。何人かの守護者は、自分の緑色の本をのぞきこんでその一節をさがしていた。ほかの守護者たちは、そのくだりは明瞭に記憶しているので読みかえす必要はないとでもいうように、ただうなずいている。

ヴァンダラがうす笑いを浮かべるのがみえた。

うちのめされて、キラはふたたびポケットのなかのちいさな布きれをまさぐった。ぬくもりは去っていた。やすらぎは消えていた。

「しかしながら」ジャミソンが話している。「修正第三条の一連の条項にかんがみますと――」

守護者たちがいっせいに自分の本のページをめくった。それまで表紙を閉じたままだった人も、本をとりあげてその箇所をさがした。

「例外がもうけられうることはあきらかです」

「例外がもうけられうる」ひとりの守護者が、本の記述を指で追いながら、弁護人の言葉をくりかえした。

「したがってわれわれは、『それがならわしである』という主張をしりぞけてもかまわないのです」ジャミソンはきっぱりとそう告げた。「つねにならわしどおりにする必要はありません」

彼はたしかにわたしの弁護人だ。もしかしたら、わたしが生きのびる方法をみつけてくれるかもしれない！

「意見をのべたいかね？」弁護人はキラにたずねた。

キラは、布きれをいじりながら首を横にふった。

ジャミソンは自分のメモをみながらつづけた。「『この娘は傷ものです。そのうえ父なし子です。村にとどまらせるべきじゃなかったんです』二どめのフレーズが、真実であるゆえにキラの胸につきささった。脚も痛かった。キラはこれほど長い時間、じっと立ちつづけていることには慣れていなかった。不自由なほうの脚にかかる負担をへらすため、重心を変えようとしてみた。

「これらの訴えは真実です」ジャミソンはおちついた声で、わかりきったことをくりかえした。「少女キラは、生まれつき欠陥がありました。明白な、かつ不治の欠陥をもっていました」

守護者たちがキラをじっとみつめていた。ヴァンダラもこちらをみていたが、そのまなざしには軽蔑がふくまれていた。キラは、じろじろみられるのには慣れていた。子どものころはずっとあざけりの対象だった。母を教師あるいはみちびき手に、毅然として生きるすべを学んだ。いまもその教えにならって、守護者たちの顔をまともにみすえた。

「そして、父親がいないのも事実です」ジャミソンがつづける。

記憶のなかで、母がそのことを説明してくれる声がきこえた。幼かったキラは、なぜ自分に父親がいないのかを知りたがっていた。「お父さんは、大がかりな狩りから帰らなかったの。あなたはまだ生まれていなかったわ」母がやさしくいう。「お父さんは、獣に命をうばわれてしまったの」

キラの心の声がきこえたかのように、ジャミソンがその言葉をなぞった。「父親は、彼女が生まれる前に、獣に命をうばわれたのです」

書類に眼を落としていた最高守護者が顔をあげた。そしてほかのメンバーたちの顔をみまわしながら口をはさんだ。「この娘の父親はクリストファーだ。村で指折りのすぐれた狩人だった。おぼえておいでのかたもいらっしゃるでしょう」

何人かが首をたてにふった。キラの弁護人もうなずいていった。「わたしもあの日、狩猟隊に同行していました。そして、彼がやられるのをみたのです」

お父さんが殺されるのをみたですって？　キラは悲劇の詳細についてはきかされていなかった。母が話してくれたことしか知らなかった。だが、この男性は生前の父を知っていたという。彼はその場にいたのだ！

こわがっていましたか？　わたしのお父さんは、こわがっていたのですか？　奇妙な問いがわきおこったが、声に出して問うことはしなかった。キラじしんがひどくおびえていた。かたわらに立つヴァンダラの存在が憎悪を発散しているのがわかった。まるで、自分が獣に襲われて死にかかっているみたいに感じられた。父はその瞬間をどんなふうにうけとめたのだろうと考えた。

「修正第三条がここでも適合するのです」ジャミソンが告げる。「『村にとどまらせるべきではなかった』という訴えにたいして、わたしは修正第三条にもとづいてこう答えます。『例外がもうけられうる』と」

最高守護者がうなずいて、ふたたびいった。「彼女の父親は、すぐれた狩人だった」するとほかの守護者たちも、つられて同意のつぶやきを発した。

「意見をのべたいかね？」守護者たちがたずねた。キラはまた首を横にふった。こんども、さしあたり助かったという気がした。

「『ところがこの娘ときたら、なんにも貢献していません。掘ることも、植えることも、草とりもできない。おなじ年ごろの娘たちがやっているような、家畜の世話さえできないんです。あのポンコツ脚をひきずってうろつくだけで、役にたたないお荷物も同然です。のろまなくせに』」

そこで弁護人はかすかにほほえみ、最後のせりふをいった。「『大食いですしね』」

ジャミソンはいっとき無言のまま立っていた。そしてふたたび話しだした。「わたしは弁護人として、これらの指摘を部分的にみとめざるをえません。彼女が、掘ることも、植えることも、草とりも、家畜の世話もできないことはあきらかです。しかしながら、たしか彼女は、貢献する手段をすでにもっていたはずです。キラ、きみは織物小屋で働いているのだったね？」

キラはおどろいてうなずいた。なぜ知っているのだろう？　男性は女性の仕事など、気にもとめないものなのに。

「そうです」緊張で小声になっていた。「助手をしています。織る作業はやっていませんが、布のきれはしをかたづけたり、織機の準備を手伝ったりします。手と腕をつかってやれる仕事です。わたし、力もちなんです」

糸づかいの技量について話すべきかどうか、迷った。暮らしを立てるのにその技を活かせればと思っている、とのべるべきなのだろうか。だが、うぬぼれにきこえずにすむいいかたを思いつかなかったので、だまっていた。

「キラ」弁護人が彼女のほうを向いて呼びかけた。「守護者のかたがたに、きみの欠陥を実地におみせしなさい。歩いてみせてごらん。扉のところまで行って、ひきかえしてきなさい」

なんて残酷な人だろう。ここにいる人はみんな、わたしのねじれた脚のことを知っている。どうしてその人たちの前でそんなことをしなくちゃならないの？　自分からさらしものになって、恥をかけっていうの？　キラは一瞬、拒みたい誘惑にかられた。せめて反論したかった。しかし、それは危険すぎる賭けだった。これは、口論もけんかも織りこみずみのちびの遊びとはちがう。彼女の将来を、というより彼女に将来があるかどうかを左右する問題なのだ。ためいきをついて向きを変えた。杖にたよりながら、扉をめがけてゆっくりと歩く。くちびるをかみしめ、痛む脚を一歩ずつひきずっていく。背中にヴァンダラのさげすみのまなざしを感じた。

扉までたどりついてふりかえり、もとの位置にゆっくりともどった。痛みが足もとからわきおこり、ねじれた脚全体をするどくさいなんだ。すわりたくてたまらなかった。

「ごらんのとおり、彼女は脚をひきずります。そして、動きがのろい」ジャミソンがいわずもがなのことを指摘した。

「それはみとめざるをえません。にもかかわらず、彼女は織物小屋では有能な働き手です。毎日、一定の勤務時間をつとめあげていますし、遅刻をしたこともない。小屋の織工たちから、助手として高く評価されています」

弁護人はつづけて、「彼女は、大食いでしょうか？」と問いかけ、低く笑った。

「わたしはそうは思いません。ごらんください、こんなにやせています。彼女の体重が、この訴えにたいする反証なのです。しかしどうやら、いまは空腹のようだ。わたしもです。このへんで食事休憩にいたしませんか」

最高守護者が立ちあがり、「意見をのべたいかね？」と三たびたずねた。キラはこんども首を横にふった。ひどく疲れていた。

「すわってよろしい」最高守護者がキラとヴァンダラに命じた。「食べものを運ばせよう」

キラはほっとして、そばのベンチにへたりこんだ。ずきずきする脚を手でさする。通路をへだてたところにいたヴァンダラが、おじぎをして——また忘れちゃったわ！　おじぎすればよかった！——、それから腰をおろした。その顔は冷ややかだった。

最高守護者は、手もとの書類の束にちらっと眼を走らせてからいった。「あと五つ、告発理由がある。食事を終えたら、この五つを処理して、判決をくだすことにしよう」

食べものが届いた。運んできたのは警備員だった。キラにもひと皿が手わたされた。ローストチキンと、ほかほかの堅焼きパンを眼と鼻で楽しむ。パンは種入りだった。ここ数日、生野菜のほかはなにも口にしていなかった。チキンにいたっては数か月ぶりである。しかし、耳にヴァンダラの声がこびりついていた。悪意に満ちた辛辣《しんらつ》な声が告発する。「大食いですしね」

がっついたようすをみせたらどうなるか心配だったので、キラは食欲をそそるごちそうを、つとめてちびちびと口に運んだ。半分まで食べたところで、皿をわきへのけて、食事とともに運ばれてきていたカップの水をすすった。疲労と満たされぬ飢えと恐怖をかかえて、ポケットのなかの布きれをそっとなでた。そして告発の第二ラウンドを待った。

二人の守護者たちは、通用口を抜けてどこかべつの場所へ去った。おそらく、それぞれ個室で食事をとるのだろう。しばらくすると、警備員たちがやってきてキラの皿をかたづけ、休憩時間を告げた。鐘がふたつ鳴ったら裁判が再開されるとのことだった。ヴァンダラが立ちあがってホールを出ていった。キラはすこし待った。それから〈議事堂〉の玄関をめざして長い廊下をたどり、外へ出た。

世界はなにも変化していなかった。人びとは道を行きかい、さまざまな仕事に従事しながら、大声でいいあらそっていた。市場でかん高い声があがる。女たちが値段に激怒して叫び、露天商たちがそれにどなりかえしていた。赤ん坊は泣きわめき、ちびたちはけんかし、犬たちは路上の残飯を奪いあってうなり声をあげ、威嚇しあっている。

マットがあらわれた。数人の仲間とともに駆けぬけていこうとしていたが、キラの姿をみるとちゅうちょし、足を止めてもどってきた。

「若木、とってきたるよ」彼はささやいた。「おいらと、ほかのガキどもでな。山積みにしてやっから。そいから、キラがそうしてほしいんなら、小屋、おっぱじめるよ」少年はそこで、詮索顔でひと息ついた。「小屋がいるんなら、ってことだけどよ。そっちは、どうなってる?」

マットは裁判のことを知っているのだった。おどろくにはあたらない。この少年は、村でおきていることをすべて知っているみたいだった。キラは、のんきなふうをよそおって肩をすくめた。自分がどれほどおびえているかをマットに知られたくなかった。「ずうっとお話をしてるわ」

「んで、あいつ、いるのか？　おっそろしい傷のある、あの女は？」

だれのことをいっているのかわかっていた。「ええ。彼女が原告なの」

「あいつはひっでえやつだぜ、あのヴァンダラはよ。自分のガキ、殺したっつうぜ。キョウチクトウ食わせたんだって。わきにすわって、食っちまうまで頭おさえつけてさ。坊主、いやがってたってのに」

その話は耳にしていた。「あれは事故だったっていう判決が出たじゃない」自分でも疑いは抱いていたものの、キラはいった。「ほかにも、キョウチクトウを食べちゃってた子がいたのよ。毒のある植物をそこいらに生えっぱなしにさせておくなんて、危険だわ。ぜんぶ抜いてしまうべきよ。ちびの手の届くところに生やさせておいちゃいけないわ」

マットは首をふって指摘した。「おいらたちにとっちゃ、生えててもらわにゃなんねえ。あの木があっから、わかるんだもの。かあちゃん、おいらあれにさわる、ひっぱたいた。そりゃあこっぴどく、頭のあっちこっちたたくもんだからよ、首が折れっかと思っちまった。おいら、そうやってキョウチクトウのことおぼえたさ」

「でもね、ヴァンダラのことは、〈守護者評議会〉が判決をくだして、やっていないってことになったのよ」キラはもういちどいった。

「どっちにしてもさあ、ひっでえやつだよ。みんな、あのおっそろしい傷のせいだっていってら。あいつがむごいの、痛みのせいだって」

わたしは、痛みのせいで誇りをもったわ。キラはそう思ったが、口には出さなかった。

「いつ終わんだ？」

「今日いっぱいかかるわね」

「おまえの小屋、おっぱじめるよ。ダチも何人か、手伝ってくれんだろ」

「ありがとう、マット」キラは礼をいった。「あなたは最高の友だちよ」

少年はてれくさそうに顔をしかめた。「キラにゃあ、小屋がいる」そういうと、仲間たちを追いかけるべく、きびすをかえした。「それに、なんたってさ、キラはおいらたちにお話、してくれる。そのためにゃ、場所がいるだろ」

キラは、駆けだしたマットをほほえみでみおくった。〈議事堂〉のてっぺんについている鐘が二度鳴った。キラは向きを変えると、ふたたび建物に入っていった。

「『この娘は、規則に反してとどまることを許されました。祖父がまだ生きていて、力をもっていたからです。でも彼はとっくに亡くなった』」

ジャミソンが、告発理由のリストのつづきを読みあげる。

キラは、午後の開廷時間中は着席していることを許された。ヴァンダラにもすわる許可が出た。ありがたかった。もしヴァンダラが立ったままだったら、キラはむりにでも脚の痛みがないふりをして、原告とおなじように立ちつづけたことだろう。

キラの弁護人である守護者はふたたび、例外がもうけられうるという主張をくりかえした。告発理由をきかされるのはおそろしいにせよ、いまはもう反復がわずらわしく感じられた。油断しないよう気をひきしめる。ポケットに手を入れて、織布のきれはしを指でいじりながら、そこにあしらわれた色を思いうかべた。

住民の服の色はくすんだ褐色で統一されていて、彩りはまったくなかった。人びとが身につけるぶかっこうなワンピースとズボンは、たまのにわか雨や植物のするどいとげ、毒のあるベリー類などから身をまもるために織られ、縫われたものだった。村では、日常づかいの布製品に飾りをつけることはなかった。

しかしキラの母は、染色の技術につうじていた。そのしみだらけの手から、うつくしい装飾に必要となる色とりどりの糸が生みだされた。毎年、〈歌手〉が〈崩壊の歌〉を歌うときに着るガウンには、豪奢な刺しゅうがほどこされていた。刺しゅうが描くいりくんだ光景は、何世紀も前からガウンの生地を飾ってきたものだった。そしてこのガウンは、代々のすべての〈歌手〉によってまとわれ、後継者へとうけつがれていた。何年も前に、カトリーナはこのガウンのほつれた箇所の糸を少量とりかえてくれとたのまれた。キラはまだごく幼かったが、そのときのことはおぼえていた。小屋のうす暗い片隅にたたずんでいると、ひとりの守護者があのすばらしいガウンを運んできた。そして母がちょっとした修繕作業をするあいだ待っていた。キラは母が、骨からつくった針で、色あざやかな太糸を生地に通すのをうっとりとながめた。じょじょに、袖にできていたちいさなほつれが、あざやかな黄金《こがね》色で埋められていった。作業が終わると、ガウンは運びさられた。

その年の〈集会〉では、母ともども、座席からステージを穴の開くほどみつめたものだった。〈崩壊の歌〉のあいだ、〈歌手〉が歌にあわせて腕を動かすのを眼で追いながら、母が繕った跡をさがそうとした。だが、ふたりの席はステージからあまりに離れていたし、修繕箇所はあまりにちいさすぎた。

そのあとは毎年、かれらはその古いガウンを、微細な修繕をしてほしいといって母のもとへもってきた。

「いずれ、娘がやれるようになりますわ」ある年、カトリーナは守護者に告げた。「ごらんくださいな、この子が手がけたものを！」母はそういって、キラが完成させたばかりのちいさな布を守護者にみせた。それはキラの手のなかで、まるで魔法のように、勝手にかたちになった作品だった。「この子は、わたしなどはるかに超える腕をもっているんですよ」

守護者が自分のつくった縫いものをためつすがめつしているあいだ、キラはだまって立ちつくしていた。はずかしかったけれど、誇らしくもあった。守護者はなにもいわず、ただうなずいて、そのちいさな布きれをキラにかえした。しかし、彼の眼は好奇心でかがやいていた。その後は毎年、彼から作品をみせてほしいとせがまれた。

キラは修繕のあいだ、いつも母のかたわらに立っていたが、その時代がかった、いまにも破れそうな衣装にさわることはなかった。この世の歴史を物語る豊かな色彩は、みるたびに驚嘆せずにはいられなかった。黄金、赤、茶。そこかしこにみえる、ほとんど白に近いほどあせた淡いのは、かつては青だった色だ。母はその色あせた箇所を、青の痕跡だといってみせてくれた。

母は青の色を出す方法を知らなかった。母娘はときおり、巨大な椀をひっくりかえしたように頭上をおおっている空をながめながら、そのことについて話しあった。「青が出せればねえ」母はいった。「どこかに青の染料専用の植物が生えているって、きいたことはあるんだけど」小屋のなかから自分の庭をながめる母。そこにあふれんばかりの花々と若葉が、彼女が黄金色や緑色やピンク色を生みだす源になっていた。やがてカトリーナは、創造しえないその一色へのあこがれをつのらせながら首をふった。

その母も、いまはもう死んでしまった。

いまや母親も死んでいます。

キラは、ふいに回想の白昼夢からさめてぎくりとした。だれかがそのせりふを話していた。耳をすます。

「『――それに、女たちが、この親子の小屋が建っていた場所を必要としてます。この役たたずの娘には居場所はありません。結婚もできないんですからね。手足の不自由な者なんぞ、だれも欲しがりませんよ。この娘ときたら場所は食うわ、食いぶちはかかるわ、そのうえガキどものしつけをじゃまするんです。話をきかせたり、遊びを教えたりするもんだから、ガキどもがさわぎたてましてね、仕事のじゃまなんです』」

えんえんと続いていた。ヴァンダラのあげた告発理由がひとつひとつ復唱されて、弁護人はなんどもなんども、例外がもうけられうるという修正条項の文言をくりかえす。

しかしキラは、口調のある種の変化に気づいた。かすかではあったが、ちがいがききとれた。昼食で退席しているあいだに、〈守護者評議会〉の人びとになにかがおきたのだ。ヴァンダラをみると、席にすわったまま、おちつかないようすで体をもじもじさせている。原告もまた、変化に気づいていた。

ポケットのなかでお守りの布をにぎりしめる。ふいに、ぬくもりとやすらぎがもどってきているのに気づいた。

キラはよく、めったにない余暇の時間を、染めた糸のきれはしで実験をしてすごした。実験のたびに、おどろくべき技能が発達していく興奮を指先に感じた。織布は織物小屋で廃棄処分になったはぎれをつかった。規則違反ではない。布くずを家にもちかえる許可はもらっていた。できばえが気に入れば、母に作品をみせることもあった。すると母は、誇らしさと承認のしるしに、にっこり笑ってくれるのだった。けれど、こころみが期待はずれに終わって、いかにも学びの途上にある少女の手になる、いびつなしろものができあがることのほうが多かった。そんなときはいつも、実験の成果はくずかご行きとなった。

いま、彼女が右手の指で神経質につかんでいる例の飾り布は、母が病床にあったときにつくったものだった。キラは、死にゆく女性のかたわらになすすべもなくすわり、いくども前かがみになってタンクを支えもち、その口もとに水を運んだ。母の髪をなで、冷えきった足をさすり、ふるえる手をにぎった。ほかにできることがないのはわかっていた。母が寝返りをうちながらも眠ったので、かごのなかから色つきの糸をえらびだして、骨の針ではぎれ布に縫いこみはじめた。そうしているとおちついたし、時間もすぎていった。

糸がキラに歌いかけはじめた。歌詞もメロディーもなかったが、糸たちはまるで生きているみたいに、キラの手のなかで脈をうち、ふるえていた。そのときキラの指ははじめて、糸を動かすのではなくて、糸のみちびくままに動いていった。眼を閉じていても、振動する糸たちにせきたてられた針が布をつらぬいていくのを、難なく感じることができた。

母のささやきがきこえたので、水のタンクをもって身をかがめ、乾いたくちびるを湿らせてやった。そのときになってようやく、自分のひざの上にのっている一片のちいさな布をみた。それは光を発していた。小屋のなかはうす暗いのに――すでに夕闇がおりてきていた――、黄金と赤の色が脈うっていた。まるで、明け方の太陽が空からすべり落ちてきて、自分の光を布に織りこんだかのようだった。色あざやかな糸たちが縦横に走り、輪と結び目によって複雑な模様を描きだしている。キラがそれまでみたことも、つくりだせたことも、話にきいたこともない模様だった。

母が最後に眼を開けたとき、キラはこの死にゆく女性にみえるように、脈うつ布きれをささげもった。カトリーナはもう口をきけなくなっていた。それでもにっこり笑ってくれた。

いま、てのひらのなかの秘密の布が、音ではなく脈動をつかってキラにメッセージを伝えてきているように思われた。布はいう。まだ危機は去ってはいないと。しかしまたこうも告げている。おまえは救われるはずだと。

5

キラは、守護者たちの席の背後の床に、大きな箱がおいてあることにはじめて気づいた。昼の休憩の前にはなかったものだった。

キラとヴァンダラが注視していると、最高守護者の合図に応えてひとりの警備員がその箱をもちあげ、卓上においた。ふたを開ける。弁護人ジャミソンが、なかからなにかをとりだして広げた。キラはすぐにそれがなんなのかわかった。そしてよろこびのあまり、声をあげた。

「〈歌手〉のガウンだわ！」

「関係ないじゃないか」ヴァンダラは不平をもらしながら、もっとよくみようと身をのりだしている。

華麗なガウンが、みんなにみえるようテーブルの上に広げられた。いつもなら年にいちど、民の遠大な歴史を語る〈崩壊の歌〉をきくために村じゅうが招集される日にしか、みることができない。この行事のためにホールにつめこまれた住民のほとんどは、〈歌手〉のガウンを遠くからながめるだけだった。人びとは押しあいへしあい、もっと近くでみようとしてじりじりと前進した。

でもキラは、あのガウンをよく知っている。毎年、母が細心の注意をはらって修繕するのをみていたからだ。いつもかたわらには守護者がひとり立ち、作業をみまもっていた。さわることを禁じられていたキラは、母の技量に感嘆しながらみつめていた。母には、ぴったりの色調をえらびだす才能があった。

あそこ、左の肩のところだわ！　キラは思いだした。それは去年、糸がひきつれて切れてしまったところで、母が慎重のうえにも慎重にほつれをとりのぞいたのだった。それから母は、淡いピンク色と、それよりわずかに濃いバラ色、さらにそこから濃度を増して深紅にまでいたる複数の色の糸をえらびだした。ひとつ前の色よりも濃いということだけを手がかりに、グラデーションを構成したのだ。そうしてそれらの糸を適切な位置に刺していくと、濃淡をなす何色もの糸が、精緻な図案の一角に完璧にとけこんでいった。

ジャミソンは、回想にふけるキラをみつめていた。そしていった。「きみのお母さんは、その技術をきみに習得させていましたね」

キラはうなずいてから答えた。「わたしが幼いころからです」

「お母さんは熟練した職人だった。彼女のつくる染料はとてもしっかりしていて、いまだに色があせない」

「母は、注意ぶかくて、きちょうめんでしたから」

「きみは、お母さんよりもすぐれた技能をもっているそうですね」

では、この人たちは知っていたのだわ。「わたしには、まだおぼえなければならないことがたくさんあります」

「ところで、お母さんはきみに、刺しゅうと同様に染色も教えましたか？」

キラはうなずいた。弁護人がそう期待しているのがわかったからだ。だが事実はすこしちがっていた。母は染色技術を教えるつもりでいたのだが、はたせぬうちに病に襲われたのである。キラは正直に答えようとした。「教えはじめたところでした。母じしんは、アナベルさんという女性に教わったといっていました」

「いまはアナベラという名前です」ジャミソンがいった。

キラは仰天した。「まだ生きてらっしゃるのですか？　四音節になって？」

「かなりの高齢です。いくぶん視力がおとろえています。しかし、いまだ人材としては有用です」

人材って、なんの？　いぶかしく思ったが、だまっていた。ポケットのなかの布きれが、ふたたびてのひらにぬくもりを伝えてきた。

だしぬけにヴァンダラが立ちあがり、荒々しい声でいった。「審理の続行を要求します。これは、弁護側のひきのばし工作です」

最高守護者が席を立った。それまで彼をかこんでひそひそ話しあっていたほかの守護者たちは沈黙した。

ヴァンダラに向かって発せられた最高守護者の声に、冷たい響きはなかった。

「きみは行ってよろしい。手続きは完了した。結論はすでに出ている」

ヴァンダラは、無言でじっと立ちつくしていた。最高守護者を反抗的な眼でにらみつけている。彼の合図で、ふたりの警備員がヴァンダラをおくりだすために近よってきた。

「あたしには判決を知る権利があります！」原告は憤怒に顔をゆがめながら叫んだ。警備員につかまれていた腕をふりほどくと、守護者たちのほうに向きなおった。

最高守護者がおちついた声でいった。「じつのところ、きみにその権利はこれっぽっちもないのだよ。しかし、誤解を避けるため、判決は教えよう。

孤児の少女キラは、村にとどまる。そして、あらたな任務をあたえられる」

彼はそういうと、テーブル上に広げたままになっていた〈歌手〉のガウンを指さした。そしてキラをみつめて告げた。

「キラ。おまえは、母の仕事をひきつぐのだ。おまえはいずれ母親の成果をしのぐことになるだろう。じっさい、おまえの技量は彼女よりはるかにすぐれているのだから。まずは、母親がいつもしていたように、このガウンの修繕をやってもらうことになる。つぎに復元だ。そのあと、おまえのほんとうの仕事がはじまるだろう。おまえがガウンを完成させるのだ」それから彼は、ガウンの両肩に広がる、装飾がされていない部分を指ししめすと、片方のまゆをあげて問いかけるようにキラをみつめた。

キラは、不安にかられながらもうなずき、ちょこんとおじぎをした。

「さて、きみだがね」最高守護者はふたたびヴァンダラのほうを向いた。そして、ふたりの警備員にはさまれ、ふてくされたようすで立っている原告に、ていねいに説明した。「きみは負けたのではない。きみが要求していたこの娘の土地は、きみたちで取得してよろしい。檻を建てたまえ。きみらのちびどもをそこに入れるというのは賢明かもしれないね。手数もかかるし、閉じこめておいたほうが得策だろう」

しまいに彼は命じた。「では、行きなさい」

ヴァンダラはきびすをかえした。顔は憤怒の表情で凍りついていた。肩をいからせて警備員の手をふりはらうと、キラに顔を近づけて荒々しくささやいた。「おまえはしくじるよ。そうして、やつらに殺されるんだ」

ヴァンダラはつづいて、ジャミソンに冷ややかな笑いを投げた。「へっ、けっこうですこと。これであの娘は、おたくのものになったってわけだね」いいおわると通路をのしのしと歩き、大きな扉を抜けて出ていった。

最高守護者もほかの守護者たちも、ヴァンダラの憤激に知らん顔をした。こうるさい虫をようやくたたき落とせたにすぎないとでもいうようすだった。だれかが〈歌手〉のガウンをたたみなおしていた。

「キラ」ジャミソンが告げた。「行って、必要なものをあつめなさい。もってきたいものはなんでも持参してかまわない。鐘が四つ鳴ったら、ここへもどるように。そのあと、きみが住むことになる宿舎へ案内しよう。今日からきみはそこで生活するんだ」

当惑したキラはしばらく待った。しかし、ほかにはなにも指示が出ない。守護者たちは書類をそろえたり、本やもちものをかたづけたりしている。みな彼女がそこにいることを忘れてしまったようだった。キラはようやく立ちあがり、杖をついて姿勢をただすと、脚をひきずりながらホールをあとにした。

〈議事堂〉を出ると、陽ざしは明るく、村の中央広場はふだんどおり混沌としていた。キラはそれで、まだ昼さがりであることに気づいた。こうして村の人たちがいて、いつもとおなじ一日がつづいている。だれの人生も変化していないんだわ。わたしをのぞいては。

初夏の暑い日だった。〈議事堂〉の石段の近くには、肉屋の裏でおこなわれる豚の屠殺を見物する人だかりができていた。上等な部位の肉が売れたあと、残りくずが放られる。それを人と犬が押しあってつかみとるのだ。おびえた豚たちの足もとには排泄物がこんもりと堆積し、悪臭をはなっている。待ちうける死をおそれた豚がかん高い悲鳴をあげる。キラはめまいと吐き気をもよおした。いそいで人の群れを迂回し、織物小屋へ向かった。

「出てきたんか！　どうなったんだ？　獣どもにやるんで、〈フィールド〉行きんなったのか？」興奮したマットが叫んでいる。キラはにっこりした。自分に匹敵するほどの、少年の好奇心が好もしかった。それにあの子は、荒々しさの裏にやさしい心をもっているんだわ——少年があのペットの犬、というよりちいさな友だちをえたときのことが思いだされた。その犬は役たたずの野良で、じゃまものあつかいされながらそこらじゅうで食べものをあさっていた。ある雨の午後、犬はロバが牽《ひ》く荷車の車輪にまきこまれ、はじきとばされた。深傷《ふかで》を負い、血を流しながらぬかるみに横たわって、人知れず死ぬまでほうっておかれたはずだった。けれども少年がその犬を、傷がいえるまで近くの茂みのなかにかくまった。キラは織物小屋から毎日ながめていた。マットは犬が養生するあいだ、茂みにこっそりしのびいっては、えさをやっていた。犬はいまでは、キラの脚とおなじようにねじれて役にたたなくなったしっぽをのぞけばすっかり回復して、いつもマットのそばを離れなかった。けがをしたしっぽを固定するのに小ぶりな枝《ブランチ》をつかったのにちなんで、少年は犬をブランチと名づけた。

キラは手をのばして、どこにでもいるこの雑種犬の耳のうしろをかいてやった。「わたし、解放されたのよ」そう少年に告げた。

マットは眼をまるくした。それからにんまり笑って、満足げにいった。「そんなら、また、お話きけるな。おいらも、おいらのダチどももさ」

少年はつづけた。「おいら、ヴァンダラ、みたぜ。こんなんして出てきたよ」そして〈議事堂〉の石段を駆けあがり、いばった顔つきでのっしのっしとおりてきた。キラは少年のものまねにほほえんだ。

「あいつ、いまじゃキラのこと、でえっきれえだろうな。ぜってえだ」マットはほがらかにつけたした。

キラはいった。「でもね、ヴァンダラはわたしの土地をもらうことになったのよ。だから彼女たち、お望みどおり、ちびを入れる檻をつくれるってわけ」

それから、少年が申しでてくれていたのを思いだしてつけくわえた。「わたしのために新しい小屋を建ててくれるって話、あなたがまだはじめてなければいいんだけど」

マットはにっこり笑った。「おいらたち、まだ手ぇつけちゃいねえよ。もうちっとでとっかかるとこだったけど、キラが獣どもんとこ、やられるんなら、むだになるもんな」

少年はそこで言葉を切った。汚れた足を片方あげて、ブランチの体にこすりつけながら、ふたたび口を開いた。「そいで、どこ住むんだ?」

キラは腕に止まった蚊をぴしゃりとたたいた。食われたあとにできたちいさな血のしみをこする。「まだわからないの。鐘が四つ鳴ったら、〈議事堂〉にもどってくるようにいわれたわ。もっていくものをまとめなくちゃならないの」ふとおかしくなった。「まとめるほどのものはないけどね。ほとんど燃えてしまったし」

マットがにやりとした。それからうれしそうにいった。「おいら、キラのもの、ちっとばかし、たすけたぜ。燃される前に、おまえの小屋からくすねてやったんさ。おいら、ないしょにしてた。おまえがどうなるか、わかってからいおうと思ってよ」

先へ行っていたマットの仲間たちが、豚の屠殺場の向こうから、はやく来いよと叫んでいる。「おいらもブランチも、もう行かなきゃなんねえ。けどよ、鐘が四つんときにさ、おまえのもの、もってきてやるよ。石段のとこでいいか？」

「ありがとう、マット。じゃ、石段のとこでね」キラは彼をほほえみでみおくった。少年が仲間たちに合流しようと走りだすと、そのやせた、かさぶたのある脚がはげしく動いて、路上に土ぼこりがまいあがった。彼のわきではブランチがはねまわり、折れてみじかくなったしっぽをぎこちなくふっていた。

キラは人混みを縫って歩きつづけた。食料品店がならぶ界隈では、女たちの口論と値切りの声がかまびすしく響いていた。犬たちが吠えている。そのうちの二匹が、道に落ちた一片の食べものをはさんで向かいあい、歯をむきだしてうなりあっている。かたわらでそれを用心ぶかくみつめていた巻き毛のちびが、すばやく二匹のあいだに飛びこみ、食べものをつかんで自分の口に押しこんだ。すぐそばの店で商売に没頭していた母親が、あたりをすばやくみまわして犬たちのそばにいた息子をみつけるや、つかまえてそこからひきはなした。腕をひっぱってつれもどした子どもの顔にするどい平手打ちをあびせる。ちびは路上で獲得したえものを一心に咀嚼《そしやく》しながら、得意げににやついている。

織物小屋はさらに先だったが、ありがたいことに大木にかこまれた日陰にあった。〈議事堂〉の周辺よりも蚊はたくさんいたけれど、もっと静かで涼しかった。小屋に入ると、織機に向かっていた女たちがキラの姿をみてうなずきかけてきた。「布くずがうんとこさ出てるわ、かたづけてちょうだいな」ひとりが仕事の手を止めずに声をかけてきて、首をふって小屋のなかを指した。

かたづけはキラがふだんやっていた仕事だった。布を織ることはまだ許されていなかった。しかしキラは、やりかたをいつも注意ぶかく観察していたし、女たちのもとめがあれば自分にもできるのにと思っていた。

キラは、母が病をえて亡くなる前後から、もう何日も織物小屋に来ていなかった。いろいろなことがあった。いろいろなことが変わってしまった。自分の状況が変化してしまったらしいいまとなっては、とうぜんながらもとの職場にもどることはないだろう。だが、女たちが気さくに声をかけてくれたので、カタカタと音を立てる木製の織機のあいだを縫って小屋じゅうを歩きまわり、床に落ちた布くずをひろいあつめた。気づくと、一台の織機が動いていなかった。今日はだれもその席にいない。はじから四台めか。いつもカミラがつかっている織機だわ。

無人の織機のわきで立ちどまり、近くにいる女が杼《ひ》を刺しなおすために静止するまで待った。

「カミラはどうしたんですか?」好奇心にかられてたずねる。もちろん、女たちはときおり、結婚や出産で、あるいはたんに臨時でほかの仕事を命じられて、一時的にいなくなることもあった。

織工はあいかわらず手を休めずにこちらをちらっとみた。足がふたたびペダルを踏みはじめる。

「転んだんだよ。小川で、ぶざまにすっ転んじゃってね」彼女は首をふりふりいった。「洗濯をしてたんだけど、岩に苔が生えてたもんだから」

「そうね、あそこはすべりやすいわ」キラも知っていた。彼女じしん、小川のほとりの洗濯場ですべって転んだことがあった。

女は肩をすくめた。「腕をこっぴどく折っちまってね。治しようがないんだ。まっすぐにならない。もう織りの仕事はむりだね。だんなはねえ、必死でカミラの腕をまっすぐにのばそうとしてたよ。ちびの世話やらなにやら、かみさんがいなけりゃできないものね。でも、たぶん〈フィールド〉行きになるよ」

キラは、夫が折れた腕をもとどおりにしようとひっぱったときの、妻の激痛を想像してぞっとした。

「カミラんとこは、ちびが五人いるだろ。彼女、もうその世話もできないし、仕事もできない。あの子らも、よそへやられるだろうよ。あんた、ひとり欲しいかい？」女はにかっと笑った。その口のなかには歯があまり残っていなかった。

キラは首をふって力なくほほえみかえすと、ふたたび織機のあいだの通路をめぐりはじめた。

「じゃあ、カミラの織機はどうだい？」背後から女がさらに呼びかけてきた。「だれか、つかい手が必要になるんだしさ。あんた、もう織れるんだろ」

キラはこんども首をふった。以前は、織る仕事がしたかった。織工の女たちはいつも親切にしてくれた。けれど、もはやキラの未来は変わりつつあるようだった。

織機がカタカタと動きつづけている。小屋の内部の暗さで、陽が傾いたのがわかった。まもなく鐘が四つ鳴る時刻だろう。キラは織工たちに別れの会釈をして小道にもどった。そして、母と暮らした場所、長いあいだ自分の小屋が建っていた場所、彼女の知るただひとつの家があった場所へと向かった。お別れをいう必要があると感じていた。

6

〈議事堂〉の上の塔についている巨大な鐘が鳴りはじめた。人びとの生活はこの鐘の音で規律づけられていた。一日の始業と終業の時刻。会議の集合時間。狩りのしたくも、祝賀行事の挙行も、危険にそなえての武装も、鐘の音が合図になっていた。鐘が四つ鳴ったら――いまその三つめが鳴りひびいている――、その日の業務を終えてよいことになっていたが、今日のキラにとってそれは、〈守護者評議会〉に出頭すべき時刻を意味していた。仕事場からひきあげていく人びとの波をすりぬけ、中央広場へといそいだ。

マットは、約束どおり石段のところで待っていた。彼の横では興奮ぎみのブランチが、虹色をした大きな甲虫にちょっかいを出している。虫は、よたよたと歩きだすたびに犬の前足で行く手をふさがれてしまい、進めずにいた。キラが呼びかけると、犬は顔をあげて曲がったしっぽをふった。

「なにもってきた?」キラが背負っているちいさな包みに眼をやりながら、マットがたずねた。

「たいしたものじゃないわ」さびしく笑って答える。「でもね、空き地に、いくらかものをたくわえてあったの。それは燃えないですんだわ。糸を入れたかごと、はぎれ布がすこし。それに、これみてちょうだいよ、マット」そういってポケットに手をつっこむと、ごつごつした長方形の塊をとりだした。「わたしの石鹸。岩の上におきっぱなしにしてたのをみつけたの。よかったわ、だってつくりかたがわからないし、買うお金もないしね」

キラはそこで笑いだした。汚れた体にざんばら髪のマットは、石鹸などには用がないだろうと気づいたからだ。マットにだって、どこかに母親がいるのだろうし、母親ならときにはちびの体をごしごし洗うものだろう。しかしキラは、マットが身ぎれいにしているのをみたことがなかった。

「ほら、これ、もってきたったぜ」マットは、足もとの石段の上においた大きな荷物を指さした。汚れた布ででたらめに包んである。「燃されっちまう前にちっとばかし、くすねたもんさ。おまえ、ここ残っていいことんなったら、やろうと思ってさ」

「マット、ありがとう」キラは、少年はなにを救いだしてくれたのだろうと思いながら礼をいった。

「けどさあ、もっていかれねえだろう。そのえれえ脚じゃあよ」マットはキラの不自由な脚のことを指摘した。「だから、住むとこ決まったら、おいらすぐ運んでってやる。そしたらおいらも、キラんち、わかるしな」

マットがついてきてくれて、自分の住まいを把握してくれるというのは妙案だと思った。それでなにもかも不慣れさが減じるように感じた。「じゃ、ここで待ってて。行ってくるわ。住むところに案内してもらえるそうだから、そのときあなたを迎えにくる。わたし、いそがなきゃ。鐘が鳴りおわっちゃった。鐘四つでもどってこいっていわれてるのよ」

「おいらとブランチ、待ってるさ。店でくすねといた棒つきアメちゃん、あるさ」マットはそういうと、ポケットからほこりまみれのキャンディーをひっぱりだした。「それにさ、ブランチのやつぁ、いつだってこうやって、でっけぇ虫っこをつっついてりゃごきげんなんだ」

犬は、自分の名前がきこえたので耳をぴんと立てたが、その眼は石段の上にいる甲虫にくぎづけだった。

キラは〈議事堂〉のなかへといそいだ。少年は石段に腰かけて待った。

広いホールでは、ジャミソンがひとりキラを待っていた。裁判でわたしの弁護人に指名された彼が、こんどはわたしの監督者になるってことなのかしら？　だしぬけに、いらだちで胸がちくりとうずいた。キラはひとりでやっていける年齢だった。おなじ年ごろの娘たちの多くは、結婚の準備にとりかかっていた。彼女はつねづね、自分には結婚のチャンスがないだろうと承知していた——彼女のねじれた脚では不可能なことだった。この脚では、よき妻にはとうていなれないし、要求されるつとめをはたすこともできない。でも、わたしはぜったい、ひとりでやっていける。お母さんはそうしたわ。そしてわたしにそのことを教えてくれた。

しかし、ジャミソンが親しみのこもったうなずきで迎えてくれたので、キラのつかのまのいらだちは弱まり、やがて消えた。

「お帰り」ジャミソンはそういって立ちあがると、それまで読んでいた書類をしまった。「きみの宿舎に案内しよう。遠くではない。この建物の翼廊のなかだ」

それから彼はキラをみつめ、つづいて彼女の背のちいさな包みに眼を止めた。「もちものは、それでぜんぶかね？」

たずねてくれてよかった。マットのことを話すきっかけがつかめた。

「ほかにもあるんです。でも、わたし、大きな荷物を運べないものですから――」キラはそういって、自分の脚を指さした。ジャミソンはうなずいた。

「それで、手伝ってくれる男の子がいるんです。マットっていう子です。さしつかえなければですけど、彼、石段のところで、ほかの荷物をもって待っててくれてるんです。彼が手伝いでついてくることを、お許しいただけるんじゃないかと思いまして。いい子なんです」

ジャミソンはわずかにまゆをひそめた。それからふりむいて警備員のひとりに声をかけた。「石段のところにいる少年を、つれてきてくれたまえ」

「あのう」キラは口をはさんだ。ジャミソンも警備員もこちらをふりむいた。ばつが悪くなって、申しわけなさそうな口ぶりになる。かるくおじぎをしてしまってさえいた。「その子、犬を飼っているんです」キラはちいさな声でいった。「犬がいっしょでなければ、どこへも行かないんです」

そのあと、ささやくようにつけくわえた。「とてもちいさな犬ですわ」

ジャミソンはもどかしそうにキラを凝視した。まるで、彼女がとんでもない重荷になりつつあることにとつぜん気づいたみたいだった。そしてとうとう、ためいきをついて警備員に告げた。

「犬もいっしょにつれてきてくれ」

二人と一匹は、廊下をみちびかれていった。風変わりなトリオだった。先頭のキラは、杖にすがってよろよろと歩いていく。ひきずられた脚が床を掃くほうきのようにザッ、ザッと音を立てる。そのうしろを行くマットは、めずらしくだまりこくって眼をみひらき、あたりの壮観さにみいっている。そしてしんがりに、しっぽの折れた犬が、タイル張りの床を爪でカチャカチャ鳴らしながらついていく。うれしそうに口にくわえた甲虫がじたばたともがいていた。

マットは、戸口を入ってすぐの床にキラの荷物をおろしたなり、部屋のなかに足をふみいれようとはしなかった。神妙な顔つきで、眼をまるくしてあらゆるものにみいっていたが、注意ぶかく観察したすえに決断をくだした。

「おいらとブランチ、外で待ってら。ここんとこでよ」彼は告げた。そして自分が立っている空間をみまわしながらたずねた。「こりゃあ、なんちゅうんだ?」

「廊下だよ」ジャミソンが教えた。

マットはうなずいた。「ほんなら、おいらとブランチ、ここのロウカのとこで待ってる。おいらとブランチ、部屋んなかにゃ、入らねえ。ちっせえ虫っこがいっからよ」

キラはすばやく眼を走らせたが、例の甲虫はすでに食べられてしまっていた。どっちにしても、あの虫は小さくはなかった。マットも自分で「でっけぇ虫っこ」と表現していたはずだ。

「ちっせえ虫っこ?」問いただしたのはジャミソンだった。しかめっ面をしている。

「ブランチ、ノミがいるだよ」マットは床をみつめたままいった。

ジャミソンは首を左右にふったが、その口もとはおかしそうにひくついていた。彼はキラを部屋のなかへみちびいた。

おどろいた。生まれてこのかた、母とともに住んでいた家は、むきだしの地面を床にした粗末な掘っ立て小屋だった。木組みの枠にわらをしきつめたベッド。もちものや食料をのせる手製の家具。母子はいつも、キラが生まれるずっと前に父がつくった木のテーブルで、いっしょに食事をした。母との思い出がつまったあのテーブルが焼けてしまったことがくやまれた。カトリーナは、夫がその力強い手で、生まれてくる赤ん坊が木のささくれでけがをしないようにと、テーブルの表面をなめらかにし、角をまるくしていったさまを語った。その思い出もすべて灰になってしまった。すべすべの木となめらかな縁に息づいていた、父の手の記憶もうしなわれた。

いまキラがいる部屋には、複数のテーブルがあった。どれも熟練の技でつくられたもので、彫刻がほどこされた繊細な外見をしていた。木製のベッドは脚つきで、ふんわりと織られたカバーにおおわれていた。こんなベッドはみたことがなかった。脚をつけて高くしてあるのは、寝ているあいだ獣や虫から身をまもるためだろうか。しかし、まちがいなく〈議事堂〉のなかには獣も虫もいなかった。マットだってそれを察したから、犬についたノミを廊下にとどめようとしたのだ。ガラスのはまった窓があり、その向こうに木々のてっぺんがみえる。部屋は裏手で森に面していた。

ジャミソンが奥にあるドアを開けると、もっとせまくて窓のない部屋があらわれた。室内には幅広の抽斗《ひきだし》がならんでいる。

「〈歌手〉のガウンはここにしまわれている」彼はそういうと、大きな抽斗をひとつ、すこしだけ開けた。きらびやかな刺しゅうにいろどられたガウンが折りたたまれて入っていた。ジャミソンは抽斗をもとどおりに閉めて、もっとちいさなべつの抽斗を手ぶりで示した。

「こっちには仕事につかう資材が入っている。必要なものはみんなそろっているよ」

つづいてジャミソンは寝室へもどると、さっきとはべつのドアを開けた。最初に眼に飛びこんできた平べったい石のつらなりのようなものは、淡い緑色のタイル張りの床だった。ジャミソンが説明する。「ここで水がつかえる。洗いものでもなんでも、水が必要なときはここでね」

水ですって？　建物のなかで水がつかえるの？

ジャミソンは戸口まで行くと、廊下で少年と犬が待っているのをたしかめた。マットは床にしゃがみこんで、棒つきキャンディーをしゃぶっていた。

「あの少年とここですごしたいのなら、体を洗ってやればいい。犬もね。浴槽があるから」

ジャミソンの声をききつけたマットが、うろたえたようすでキラをみあげた。「いいよ。おいらとブランチ、もう行くわ」少年はそれから、気づかわしげにたずねた。「キラ、おまえ、つかまってここにいんじゃないよな？」

「ちがうよ。彼女は囚人じゃない」ジャミソンが彼を安心させた。「なぜそう思うんだね？」

それからジャミソンはキラに告げた。「夕食は部屋に運ばれるよ。それと、ここにはきみのほかにも住人がいる。この廊下の先の、向かいの棟には〈彫刻家〉が住んでいる」彼はそういって、閉じたドアのひとつを手で示した。

「〈彫刻家〉って、トマスという少年のことですか？」キラはびっくりしていった。「彼もここに住んでいるんですか？」

「そうだ。自由に部屋をたずねていいよ。きみたちふたりとも、日中は仕事をしなければならないが、食事は〈彫刻家〉といっしょにとってかまわない。まずはこの住まいと、それから道具に慣れることだ。すこし休みなさい。明日はいっしょに、きみの職務について検討しよう。それから、あの子と犬は、わたしが外へつれていくからね」

キラは開いた戸口に立って、かれらが長い廊下をひきかえしていくのをみまもった。先導する男の後をマットが意気揚々と歩いている。そのすぐうしろには犬がつきしたがっている。少年はキラをふりかえると、ちょっと手をふってから、詮索好きな顔でにやっと笑った。棒つきキャンディーでべたべたになった顔が興奮でかがやいている。数分のちには、体を洗われそうになってからくも脱出したことを、仲間たちに話してきかせていることだろう。彼の犬も、犬についているノミたちも、まさに間一髪だった。

ドアをそっと閉めて、室内をみまわしてみる。眠る気にはなれなかった。不慣れなことが多すぎた。

みなれたものといえば月だけだった。今夜はほぼ満月だ。キラの新しい住まいに、窓からさしこむ銀色の光が満ちている。人生がもとのとおりなら、こんな夜は窓のない小屋のなかで、母とすごしていただろう。キラは月の光を堪能しようとおきだしたかもしれない。月夜の晩に、母子はそっと小屋を出ることがあった。そよ風のなかにならんで立ち、蚊をはたきながら夜空をみあげ、光かがやく球体を雲がよぎっていくのをながめたものだった。

この部屋では、わずかに開いた窓を通して、夜風も月明かりもいっしょに入ってくる。月の光が、部屋の隅におかれたテーブルの上をすべり落ち、磨きあげられた板張りの床一面に広がっている。さっき腰かけて脱いだ自分のサンダルが、いすのわきにそろえてあるのがみえる。隅っこに立てかけてあるのは杖だ。壁にそのシルエットが浮かんでいる。

テーブル上におかれたもののかたちもみてとれた。マットがとりまとめて運んできてくれたものだ。彼はどうやってもちだすものをえらんだのだろうか。たぶん、もう火の手があがりはじめていて大いそぎだったはず。ひょっとしたら、あのちいさな手をいそがしく動かして、もてるだけのものをかたっぱしからひっつかんできただけかもしれない。

刺しゅう枠。キラは心のなかでマットに感謝した。あの子は、この木枠がわたしにとってどんな意味をもつものか、理解してくれていたんだわ。

乾燥ハーブが入ったちいさなかご。これが手もとに残ったのはうれしかった。種類ごとの用途をおぼえていればいいがと願った。ハーブは、重い病気にかかった母を回復させるのには役だたなかった。しかし、ちょっとした不調、たとえば肩こりや、虫さされの痕が化膿して腫《は》れたときなどには効いた。それに、かごそのものも彼女をしあわせな気持ちにした。それは母が湿地の草を編んでつくったものだった。

大きなジャガイモがいくつか。キラは、食べものをつかんでは、つまみ食いしながら収集したであろうマットの姿を想像してほほえんだ。食料はもう自分には必要なくなる。夕方、トレイで運ばれてきた食事はボリューム満点だった。厚切りのパンに、青菜を散らし、ハーブを強く効かせた肉と大麦のシチュー。香りは楽しんだものの、なんのハーブかは識別できなかった。光沢のある陶製のボウルに入ったシチューを、骨を削ってつくったスプーンをつかって食べた。食べおわると、たたんでおいてあった織目の細かい布で口と手をぬぐった。

あんなに上品な食事ははじめてだった。それに、あんなにわびしい食事も。

とりあつめられたささやかなもののなかには、折りたたまれた母の衣類もいくつかあった。縁にふさのついた厚手のショールが一枚と、スカートが一着。スカートは母が手製の染料で染めたものだった。質素で飾りけのない布地に、色のすじが彩りをあたえているようにみえた。キラは眠気をもよおしながら、この母の手染めのスカートに思いをはせた。手もちの糸で、ああいうあざやかな色のすじを描くにはどうすればいいのかしら。それがわかれば、そして技術があれば――それに、なにしろ時間もかかるだろう――、このスカートを、ちょっとした祝いごとにふさわしい服につくりかえることもできるかもしれない。

キラの人生には、これまで祝うべきことなどなかった。だが、もしかすると現在の事態――つまり新しい住まいと新しい仕事をえたこと、そして命びろいをしたという事実こそ、祝うべきことなのかもしれなかった。

ベッドの上で、おちつかない気持ちで寝返りをうった。首になにかがふれた。やはりマットが運んできたうちのひとつで、キラは彼が救いだしてくれたもののなかで、これをいちばんたいせつに思っていた。それは、母がいつも革ひもで胸にさげていたペンダントだった。母がみえないように服の下に隠しているのを知っていたキラは、乳呑み児のようにしょっちゅうそれをさわったりなでたりしていた。ペンダントのヘッドは光沢のある石の切片で、片側はまっぷたつに割れた断面、もういっぽうの面にはきらきら光る紫色が散っている。上部にはひもを通す穴がひとつ。父から贈られたこのシンプルだが特別な意味をもつ品を、カトリーナは一種のお守りのようにたいせつにしていた。病床にあったあいだは、熱をおびた体を清める必要があったので、母の首からペンダントをはずした。そして棚の上の、ハーブのかごのそばにおいていた。マットはそこでみつけたにちがいない。

自分の首にさげてみる。母の感触、ひょっとして母のにおいのよすがでもよみがえりはしないかと願って、石をもちあげて頬にあててみた。母はハーブと染料とドライフラワーのにおいがした。しかし、ちいさな石は不活性で、無臭で、生命のきざしや記憶を喚起することはなかった。

それにひきかえ、ポケットのなかにあった、キラの指が勝手に魔法のようにつくりだした例の布きれは、頭のわきでぱたぱたとはためいていた。たぶん、窓から吹きこんだ夜風のせいだろう。

キラはかがやく月をながめながら母に思いをはせていて、しばらく気づかなかった。やがて、布がまるで生きているかのように、青白い光のなかでかすかにふるえているのが眼に入り、ほほえんだ。そしてある考えが頭をよぎった。マットの子犬みたいだわ。こっちをみあげて、耳をひくつかせながら、あのかわいそうなしっぽをふって、気づいてもらえるのを待っているの。

腕をのばして布にふれる。てのひらにそのぬくもりを感じながら眼を閉じた。

一群の雲が月をおおい、室内が暗くなった。キラはようやく眠りに落ちた。夢はみなかった。

翌朝めざめたときには、ちいさな布はベッドのなかでだらんとしていた。それはもう、きれいではあるが、しわくちゃの布きれにすぎなかった。

7

たまご！　めったにないごちそうだ。朝食のトレイにはゆでたまごばかりか、厚切りパンと、あたたかいクリームに浸されたシリアルの椀までのっていた。キラはあくびをして朝食を食べた。

いつもは朝おきると、母とふたりで小川まで散歩をした。キラは考えた。ここでは、あの緑のタイル張りの部屋が、散歩道のかわりってことかしら。だが彼女はその部屋に緊張を感じていた。前の晩にそこへ入って、ぴかぴかする取っ手をあれこれひねってみた。お湯が出てきたときにはぎょっとした。調理用にちがいない。どうやら階下のどこかで火が焚《た》かれているらしかった。ともかくなんらかの方法で、ここまで調理用のお湯がひきあげられているわけだが、それでなにをしろというのだろう？　お料理をする必要なんてないじゃない。キラはゆうべとおなじようにそう思った。調理ずみのあたたかい食べものが運ばれてきていたからだ。

当惑したまま、今朝は細長くて丈の低い浴槽に注意をひかれた。ジャミソンは、ここでマットを洗ってやればいいといっていた。外見とにおいからして石鹸らしきものがおいてあった。浴槽のへりに身をのりだして、顔を洗おうとしてみたが、やりにくくて不自然だった。小川のほうが洗いやすいし、洗濯した服を岸辺の茂みにかけておくこともできた。このせまくて窓のない部屋には、濡れたものを干す場所もないじゃない。そよ風もおひさまもあたらないんですもの。

キラは結論をくだした。かれらが建物のなかに水をひきいれる方法を発見したのは、興味ぶかいことではあるが、非実用的で不衛生だ。そのうえ、ごみを埋めるべき場所もない。タイル張りの部屋でみつけた布で、顔と手にかかった冷たい水をぬぐった。そして、洗いものをきちんと処理するために、以前と同様、毎日小川に行こうと決めた。

手ばやく服を着てサンダルのひもを結び、木のくしで長い髪をとかし、杖をひっつかむと、がらんとした廊下をいそいだ。新しい住まいを出て、朝の散歩に行くためだ。だがさほど行かないうちに、廊下に面してならぶドアのひとつが開いた。みおぼえのある少年が姿をあらわし、話しかけてきた。

「〈糸つかい〉のキラだね。ここへ越してきたってきいたよ」

「あなたは〈彫刻家〉ね。ジャミソンからきいたわ」

「うん、ぼくはトマス」そういって彼はにこっと笑った。キラとおなじくらいの、二音節になってまもない年齢にみえた。すきとおった肌とかがやく瞳をもった、端正な顔だちの男の子だった。豊かな髪は赤みがかった茶色。笑うと、前歯の一本が欠けているのがみえた。

「ここがぼくの住まいだよ」彼はそういうと、キラに室内がみえるようにドアを大きく開けてくれた。部屋のつくりは変わらないが、廊下をはさんだこちらの棟は、窓が広々した中央広場に面していた。キラはまた、自分の部屋より生活感があるらしいことにも気づいた。ものがあちこちに散乱していた。

「仕事部屋兼用なんだ」彼は手ぶりで示した。大きなテーブルがあって、その上には木彫工具や木くずがのっていた。「で、あっちが資材の収納室」

「ええ、わたしの部屋もおなじよ」トマスが指さしたほうをみて、キラは応じた。

「わたしの収納室には抽斗がたくさんあるわ。仕事はまだはじめていないけど、窓の下にテーブルがあって、陽あたりがいいの。そこで縫いものをすることになると思うわ。

ねえ、ところで、あそこの——あのドアね」

キラはトマスにたずねてみることにした。

「お料理用の水場と浴槽のある部屋でしょう？　あなたはつかってるの？　小川がすぐ近くにあるんだし、かえってめんどうじゃないかしら」

「世話人がしくみを教えてくれるよ」トマスは答えた。

「世話人って？」

「食事を運んできた人がいただろう？　それが世話人さ。世話人は、どんなことでも手助けしてくれるよ。それから、守護者がひとりついて、毎日きみをチェックしていくことになる」

よかった。トマスはここのしくみを理解しているようだった。助かるわ、とキラは思った。なにもかもが、あまりにも不慣れで異質なことに思われたから。「あなたは、ここに長いあいだ住んでいらっしゃるの?」キラは礼儀ただしくたずねた。

「うん。とてもちいさいころからね」トマスが応じる。

「どうしてここへ来ることになったの?」

少年はまゆをひそめて記憶をたぐりよせた。

「彫刻をはじめたばかりのころだった。まだほんのちびで、でもどういうわけか、気づいてたんだ。自分が、よく切れる道具一本と木片ひとつを手にすれば、絵を描くことができるって。だれもが、それをじつにおどろくべきことだと考えた」彼はそこで笑った。「たぶんそのとおりだったんだろうね」

キラもすこし笑ってみせたが、内心では自分のごく幼いころのことを思いかえしていた。染めた糸をもつと、自分の指が、人びとにとって一種の魔力を発揮するのだと気づいたときのこと。母のおどろきや、守護者の顔に浮かんだ表情をみたときのこと。きっと、この少年にもおなじことがおきたにちがいない。

「やがて〈守護者評議会〉の人たちが、ぼくの作品のうわさをききつけて、ぼくら家族の小屋へやってきた。そしてぼくの作品をほめたたえた」

そっくりだわ、とキラは思った。

「それからまもなくして」トマスはつづけた。「ぼくの両親が嵐の最中に亡くなった。ふたりいっしょに、雷に撃たれたんだ」

衝撃だった。雷で樹木が倒れるというのはきいたことがあったが、人間がやられるなんて。村の人びとは、はげしい雷雨の日に外へ出たりしなかった。「あなたもその場にいたの？　どうしてあなたはぶじだったの？」

「いや、ぼくは小屋にひとりでいたんだ。父と母はなにか用足しに出ていた。メッセンジャーがひとり、両親をさがしに行かされていたっけ。でもそのあと、守護者が何人か来て、ぼくを保護した。そして両親の死を告げた。まだ幼い子どもだったにしても、かれらがぼくの評判を知っていて、ぼくの作品に価値があると思ってくれていたのは幸運だった。そうでなければ、よその家へもらわれて終わりだっただろう。かれらはそうせずに、ぼくをここへつれてきてくれた。以来、ぼくはここで暮らしているんだ」

トマスはいいおわると、手を広げて自分の部屋を示した。「ぼくは長いあいだ修練をかさねて、おおぜいの守護者たちのために装飾品をつくってきた。けれどいまは、ほんとうにやるべき仕事をしている。重要な仕事だ」彼の指さす先をみると、キラが杖を立てかけるときとおなじようなかっこうで、棒状の長い木が一本、テーブルに立てかけてあった。だがこちらの杖には、複雑な装飾がほどこされていた。そしてテーブル上の削りくずからみて、少年がまさにその作業中だったことがわかった。

「かれら、すばらしい道具を支給してくれたよ」トマスはいった。

外で鐘の音がした。キラはうろたえた。小屋での生活では、鐘の音は仕事に出かける刻限を意味していた。「自分の部屋にもどったほうがいいかしら?」少年にたずねてみた。「小川まで散歩に行くつもりだったんだけど」

トマスは肩をすくめて答えた。「どっちでもいいさ。なにをしたっていいんだよ。実質的な規則はないんだ。もとめられているのは、仕事をすることだけさ。きみはそのためにここへつれてこられたんだから。かれらは毎日、きみの仕事をチェックするよ。

ぼくは、これから出かけて、母の妹の家をたずねるつもりなんだ。彼女、赤ん坊が生まれたんだよ。女の子でね。ほらみて! おもちゃをもっていってやるんだ」

トマスはポケットに手をつっこんで、精巧な木彫りの鳥を出してみせてくれた。木の鳥はなかが空洞になっていた。彼はそれを口にくわえると、笛のように吹き鳴らしてみせた。「きのうつくったんだ。いつもの作業時間がとられちゃったけど、たいしたことはない。かんたんな細工だからね」

少年はつづけていった。「今日は、午後やらなきゃならない作業があるから、ランチの時間にはもどるよ。食事のトレイをもってきみの部屋へ行こうか。いっしょに食べようよ」

キラはよろこんで同意した。

「ほら、みてごらん」トマスはキラの注意をうながした。「世話人だ。朝食のトレイをさげに来たんだろう。彼女、すごく親切だよ。彼女にきけば――いや、待てよ。ぼくがきこう」

キラがものめずらしげに注視していると、トマスは世話人に近づき、ふたことみこと、話しかけた。相手がうなずいた。

「キラ、彼女のあとについて部屋にお帰りよ」トマスがいった。「小川に行く必要はないよ。彼女が浴室について説明してくれるから。それじゃ、お昼にね！」少年はちいさな木彫りの鳥をポケットにつっこみ、自室のドアを閉めて廊下をたどっていった。キラは世話人のあとについて、自分の住まいへとひきかえした。

昼食後まもなく、ジャミソンがキラの部屋にやってきた。トマスは仕事を再開するため、食事を終えると早々に自分の部屋へひきあげていった。キラはちょうど、収納室に入って、〈歌手〉のガウンがおさめられている抽斗を開けたところだった。ここへ来てからまだそれを広げてみていなかった。かつてはけっしてふれることを許されなかったものを前に、畏怖を感じ、すこし緊張した。華麗な装飾がほどこされた布地をじっとみつめながら、骨の針をもった母の器用な手を思いおこしていた。そこへ、ドアをノックする音がきこえ、ジャミソンが入ってくる気配がした。

「ああ、ガウンだね」と彼はいった。

「すぐに仕事をはじめなくてはと思っていました」キラは答えた。「でも、はじめるのがこわいような気もするんです。わたしにとって、あまりにも未知の体験なので」

ジャミソンは抽斗からガウンをとりだして、窓辺のテーブルへ運んだ。陽のあたるところでみると、その色彩の壮麗さはいや増し、キラはますます無力感にとらわれた。

「住み心地はいいかね？　よく眠れたかな？　食事は運ばれてきたね？　おいしかったかい？」

ジャミソンはやつぎばやにたずねた。キラは、そわそわしてちっとも寝つけなかったことを彼にいうべきか考えたすえに、いわないことに決めた。床の状態がゆうべの寝返りを物語ってはしないかと、ベッドにちらっと眼をやる。そのときはじめて、だれかが、おそらく食事の上げ下げをしてくれている世話人が、しわをすっかりのばしてくれていたことに気づいた。ベッドには、つかわれた痕跡がまったく残っていなかった。

「はい」キラは答えた。

「ありがとうございます。それから、〈彫刻家〉トマスに会いました。お昼をいっしょに食べました。話し相手ができてうれしかったです。

それに、世話人のかたが、知っておくべきことを説明してくれました。わたし、お湯はお料理

につかうんだと思っていたんです。体を洗うだけのためにお湯をつかったことなんて、いちども
なかったものですから」
ジャミソンは、浴室にかんする彼女のきまり悪げな釈明をきいていなかった。ガウンをじっと
みつめて、生地の表面に手を静かにすべらせている。「きみのお母さんは、毎年ちょっとした修
繕をおこなった。だが、いまや全体を復元しなければならなくなっている。それがきみの仕事だ」
キラはうなずいた。「わかりました」じつはよくわかっていなかったけれど、そう答えた。
「ここには、われわれの世界のすべてが語られている。われわれはこれを無傷で、いや、無傷以
上の状態で保全しなければならない」みると、ジャミソンの手は移動していて、布地の装飾のな
い広がり、服のパーツでいうと〈歌手〉の肩をおおう部分をなでていた。
「ここでは、未来のことが語られるだろう。その内容がわれわれの世界を左右する。きみの手も
ちのもので、まにあうかな？　ここにほどこすべきことは多いよ」
手もちのもの？　そういえば、自分の糸を入れたかごをもってきたのだった。いま、この華麗
なガウンをまのあたりにして、キラは自分のコレクションの貧弱さを悟った。娘が好きにつかう
ことを母が許してくれた、すこしばかりのあまりものの染糸。これではいかにも不十分だった。
たとえ技能があったとしても――そもそも、彼女は自分にそれがあると確信しているわけではま
ったくなかった――、もってきたものをつかってあのガウンを復元することはとうていできない。

そのとき、まだ開けていない抽斗のことを思いだした。

「わたし、まだみていませんでした」キラはそううちあけると、きのうジャミソンが教えてくれた、ちいさなほうの抽斗のところへ行った。開けてみるとなかには、さまざまな太さと質感の白糸が、巻いた状態でぎっしりつまっていた。あらゆる太さの針や裁断器具も整然とならべられている。

キラはがっかりした。ひょっとしたら、もう染めてある糸が入っているのでは、と期待していたのだ。テーブル上のガウンに視線をもどし、その豊かな色彩をみるとうちのめされた。お母さんの糸が残ってさえいたら！　だが、すべて燃えつきて、うしなわれてしまった。

キラはくちびるをかんで、不安げにジャミソンのほうをみてつぶやいた。「色がついていないのですね」

「きみはお母さんから、糸の染めかたを教わっていたといわなかったかね」

キラはうなずいた。たしかに、自分はそうほのめかしはした。だがそれはすこし事実に反していた。母は、教えるつもりでいただけだった。「わたしには、まだおぼえるべきことがたくさんあります」彼女は告白した。そして、うぬぼれにきこえないことを願いながらつけくわえた。「いそいで身につけます」

ジャミソンは、眉間にわずかにしわをよせてキラをみつめてから告げた。

「きみにアナベラのところへ行ってもらおう。住まいは森の奥だが、道中の危険はない。アナベラなら、きみのお母さんが教えようとしていたことをしあげてくれる。〈崩壊の歌〉が披露されるのは、秋のはじめだ。まだ数か月ある。それまでは、〈歌手〉にガウンが入り用になることはないだろう。時間はたっぷりある」

キラはあいまいにうなずいた。ジャミソンは彼女の弁護人だった。それがいまでは助言者のようになっていた。彼の助力をありがたいと思った。にもかかわらずキラは彼の声に、それまでにはなかったきびしい切迫感を感じとった。

ジャミソンは部屋を出る前、壁に垂れている一本のひもを指して、なにか必要になったらそれをひくようにと教えてくれた。彼が去ったあと、キラはふたたびテーブルに広げられたガウンにみいった。なんてたくさんの色だろう！　しかもそれぞれにいくつもの色調がある！　ジャミソンはああいったけれど、初秋はそれほど先のことではない。

キラは決めた。今日はこのガウンをよくしらべて、計画を立てよう。明日は、まずはアナベラに会おう。そして助けをもとめるのだ。

8

マットがついてきたがった。

「おいらとブランチ、ホゴシャに必要だろ。あの森、モーレツな生きもんでいっぱいだぞ」

キラは笑った。「保護者？　あなたたちが？」

「おいらとブランチ、強えんだから」マットはそういうと、やせこけた腕を曲げて、力こぶをつくるまねをしてみせた。「おいら、みためちっせえだけなんだ」

「ジャミソンが、道をはずれないかぎり危険はないといってたのよ」キラはそういいながら、内心では、少年と犬がつきあってくれれば楽しいだろうと思っていた。

「けどよ、道まよったら、どうするよ」マットがくいさがる。「おいらとブランチ、どこにいたって、出口みつけられる。キラが道、まよったら、ぜってえ、おいらたち必要んなる」

「だけど、一日がかりになるのよ。あなたたち、おなかすいちゃうわ」

マットは得意満面で、だぼだぼのズボンの大きなポケットからぶあついパンの塊をとりだすと、誇らしげに告げた。「皮のかてえやつ、パン屋からくすねてきたんさ」

少年の勝ちだった。キラは負けたことによろこんだ。これで森での道中、道づれができた。

歩いておよそ一時間ほどたった。ジャミソンの言葉はただしかった。危険なことはなにもなさそうだ。生いしげった木々のせいで森の小道はうす暗く、下生えの奥でかさかさと音がしたり、ききなれない鳥の鳴き声がしたりしていた。しかし、一行をおびやかすようなものはなにもなさそうだった。ブランチはときおり、ちいさな齧歯《げっし》類を追いかけたり、地中の穴をかぎまわって、そこの住人である小動物をかたっぱしからおどかしたりした。

「こりゃたぶん、そこらじゅうにヘビども、いるなあ」マットがいたずらっぽく笑いながらいった。

「ヘビ、こわくないもん」

「娘っこはたいがい、こわがるよ」

「わたしはちがうわ。お母さんの庭には、いつもちいさなヘビがいたの。お母さんいってたわ、ヘビは草花が育つのを助けてくれるんだって。虫を食べてくれるから」

「ブランチみてえだな。ほれ、あいつ、一匹つかまえたぞ」マットの指さす先では彼の犬が、細長い脚をもった不運な生きものに飛びかかっていた。「ありゃあ、あしながとうちゃん〔ザトウムシ。おもに米国で daddy longlegs と呼ばれる〕ってやつだな」

「あしながとうちゃん?」キラは笑った。きいたことのない名前だった。「マットは、お父さんはいるの?」好奇心にかられてたずねてみた。

「いねえ。むかし、いた。けどいまじゃ、かあちゃんだけさ」

「お父さん、どうしたの?」

マットは肩をすくめて「知んねえ」と答え、話をつづけた。

「〈沼地〉じゃ、いろいろちがってんだ。とうちゃんいるやつ、めったいねえ。そいで、いるやつらぁ、とうちゃんにびびってる。なんかしら、ひっでえぶったたくからな」少年はさらに、ためいきとともにいった。「おいらのかあちゃんも、ぶったたく」

「わたしにはお父さんがいたの。りっぱな狩人だったのよ」キラは誇らしげに少年に語った。「ジャミソンだってそういってたわ。でも、獣に殺されてしまったの」

「ああ、そうだってなあ」マットが、自分を思いやってかなしげな表情をつくろうとしているのがみてとれた。だが、生来とびきり快活なこの少年にとって、それはむずかしいことだった。はやくも一匹のチョウを指さして、森のうす明かりに浮かぶあざやかなオレンジ色の翅紋《しもん》にはしゃいでいる。

「ねえ、みて。おぼえてる? お母さんのもちものといっしょに、あなたがもってきてくれたの」

キラは、服の襟の下から石のペンダントをもちあげた。

マットはうなずいた。「ぜんぶ紫色だな。それに、なんかぴかぴかしてらあ」

キラは石を服のなかにそっともどした。「お父さんが、お母さんにプレゼントするためにつくったものなの」

マットは顔をしかめて考えこんだ。「プレゼント？」

キラは、少年がその言葉を知らないことにびっくりした。「だれかのことをたいせつだと思って、その人になにか特別なものをあげる。もらった人はそれをたいせつにする。それがプレゼントよ」

マットは笑った。「〈沼地〉じゃ、だれもそんなもん、もってねえな。あすこじゃ、特別なもんをやるっていやぁ、けつに蹴りをおみまいするってことさ」

それから彼はていねいにつけくわえた。「けど、キラのそれは、きれいだ。おいら、たすけだせて、ついてたな」

ねじれた脚をひきずって歩かねばならないキラにとって、それは長い道のりだった。ときおり、地中でこぶをつくっている木の根に杖をとられてよろめいた。しかし、そうしたぎこちなさと痛みには慣れていた。それらはいつも彼女とともにあった。

ブランチをつれて先を走っていたマットが、興奮した顔つきでもどってきて、つぎのカーブを越えれば目的地だと告げた。

「ちっせえ小屋だ！」彼は叫んだ。「しわくちゃのばあちゃん、庭に出てきてる。ひんまがった手ぇいっぱい、虹もってら！」

キラは道をいそいだ。カーブを曲がると、少年のいいたいことがわかった。とてもちいさな小屋の前で、腰の曲がった白髪の老女が作業をしていた。そばには緑なす花園があった。老女は身をかがめて、足もとにおいたかごから、色あざやかな糸――ごく淡いレモン色から、こっくりした山吹色まで、さまざまな色調の黄色の糸――を両手ですくいあげた。それからその糸を、二本の木のあいだに張りわたしたロープにかけた。そこにはすでに、もっと濃い色調の、さび色と赤色の糸がかかっていた。

老女の手は、節くれだってしみだらけだった。彼女はその片方をあげてあいさつした。歯がほとんど残っていなくて、肌はしわくちゃだったが、両の瞳は澄んでいた。ふいの来客におどろいたふうもなく、木の杖をにぎってこちらへ歩みよってきた。そして、キラの顔を食いいるようにみつめていった。「おっかさんに、似てるねえ」

「わたしのこと、ご存じなんですか？」キラは当惑してたずねた。老女はうなずいた。

「母は、亡くなりました」

「ああ。知ってるよ」

どうして？　どうして知っているの？　だが、キラはその問いを口にしなかった。

「わたしはキラって呼ばれています。この子は、友だちのマットです」

マットが、きゅうにすこし内気になって進みでた。「おいら、自分の堅パン、もってきた。おいらとワン公、めんどうかけねえよ」

「おすわりよ」老女アナベラは、少年と犬を無視してキラにいった。ブランチは庭のなかをせっせとかぎまわって、その太くてみじかい脚をあげるのに適した場所をさがしている。

「わかってるよ。おまえさん、くたびれて、痛むんだろう」アナベラは、低くて上が平らになった切り株を手で示しながらいった。キラはほっとして切り株にへたりこむと、痛む脚をさすった。ひもをほどいてサンダルをひっくりかえし、なかに入っていた小石を出した。

「おまえさんは、染色をおぼえにゃならん」老女はいった。「そのために来たんだろ？　おまえさんのおっかさんは、おぼえた。そうして、おまえさんに教えようとしてた」

「時間がたりなかったんです」キラはためいきをついた。「わたし、染色をすっかり身につけてほしいといわれています。そして、仕事を――〈歌手〉のガウンの修繕ですか、それをやるようにって。そのこと、ご存じですか？」

アナベラはうなずくと、物干し用のロープのところへもどって、黄色の糸をかけ終えた。「おまえさんに、糸をすこしわけてあげようね。それで修繕をはじめてごらん。だがね、染色はおぼえにゃならんよ。あの人らはおまえさんに、べつのことも望むだろうから」

キラはふたたび、あのガウンの背中から肩にかけて広がる手つかずの部分について考えた。かれらはキラに、その空白を未来で満たすようもとめているのだった。

「おまえさん、ここへ毎日かよわにゃならん。あらゆる植物をおぼえにゃならん。ほれ――」老女はそういって庭園を指ししめした。庭には草木がみっしりと生いしげり、初夏の花々があふれている。

「カワラマツバだよ」アナベラは、黄金色の花が塊になってついている、丈の高い植物を指さしながらいった。「根っこがきれいな赤を出してくれる。アカネのほうが、赤を出すにゃ向いてるんだがね。あっちの裏っかわに、あたしのアカネが植わってるよ」老女がまた指さすほうをみると、一段高くなった苗床に、ひょろひょろした草が野放図にのびていた。「いまの時期は、アカネの根を採るにゃうまくない。草が休みをとる秋のはじめのほうがいいんだ」

カワラマツバ。アカネ。忘れないようにしなくちゃ。理解しなくちゃ。

「ヒトツバエニシダ」老女は、ちいさな花をつけた低木を杖でつつきながら告げた。「ぱりっとした黄色を出すのに、これの新芽をつかう。動かしちゃいけないよ。動かすにしても、どうしても必要なときだけにしなきゃいけない。ヒトツバエニシダは、植え替えをきらうからね」

ヒトツバエニシダ。黄色の染料。

キラは老女のあとについて、庭園の角を曲がった。老女は立ちどまって、硬い茎と楕円形のちいさな葉をもつ草の茂みをつついた。「このコは強くってね」アナベラはいつくしむようにいった。「〝聖ヨハネの草〟って名前さ。花はまだだね、このコの開花はもっとあとだ。だけどこいつが咲くとね、花からきれいな茶色が出せるよ。手は汚れるけどね」老女は自分の手をあげて、けらけらと笑った。

アナベラはつづけた。「緑色もいるだろうね。カミツレが出してくれるよ。こいつには水をたっぷりやること。でも、色を出すのに採るのは葉っぱだけだよ。花はお茶用にとっといておくれ」

植物の名前と、おのおのが生みだす色をおぼえるための努力で、キラはすでに眼をまわしていた。しかもまだ、豊穣な庭園のほんの一角しか説明してもらっていないのだ。いましがた発せられた「水」、それに「お茶」という言葉をきいて、彼女はのどのかわきに気づいた。

「すみません、井戸はありますか？　ちょっとお水をいただいてもいいですか？」キラは老女にたずねた。

「ブランチもいいか？　あいつ、小川、さがしてた、けどみつからねんだ」わきでマットのかん高い声がひびいた。彼がそこにいるのをあやうく忘れるところだった。

アナベラが小屋の裏手にある井戸へ案内してくれて、キラとマットは嬉々として水を飲んだ。マットが岩のくぼみに水を注いでやると、犬も一心にぴちゃぴちゃと飲み、おかわりを待った。

最後に、キラと老女は日陰にならんで腰をおろした。マットはパンをかじりながら、ブランチをつれてどこかへ行ってしまった。

「おまえさんは、ここへ毎日かよわにゃならん」アナベラはくりかえした。「あらゆる植物を、あらゆる色をおぼえにゃならん。おっかさんが娘のころにしたようにね」

「わかりました。きっとそうします」

「おっかさんはいっていたよ。おまえさんが、自分よりもたくさんの知恵を、指に宿してるってね」

キラは、ひざの上に重ねた自分の手をみつめた。「糸をつかって仕事をしていると、なにかがおきるんです。糸たちは、自分でなんでもわかっているみたいで、わたしの指はついていくだけなんです」

アナベラはうなずいた。「それが知恵っちゅうものさ。あたしゃ、色の知恵はさずかったけど、糸はだめだね。この手は、裁縫するにゃ、がさつすぎたからねえ」老女はしみと傷だらけの手をあげてみせた。「だがね、糸づかいの知恵を活かすにゃあ、色あいを出せるようにならなくちゃいけないよ。鉄鍋でかなしませるべきころあい。色を咲かせる方法。しぼりとる方法。みんなおぼえるんだ」

かなしませる。咲かせる。しぼりとる。なんて不思議な言葉のつらなりだろう。

「それに色止め。これもおぼえにゃならんよ。ウルシもつかうが、木の虫こぶがいいね。苔にもつかえるのがある。

いちばんいいのは——ほれ、おいで。みせてやろう。この色止め剤がどっからきたか、あててごらんな」

アナベラは、四音節の年齢の女性にしてはおどろくべき敏捷さで立ちあがると、ふたのついた容器のところへキラをみちびいた。そばには黒ずんだ水の入った大きな鍋が、庭先の炉でくすぶる残り火にかけられていた。料理には大きすぎる鍋だった。

キラはよくみようと容器の上に身をのりだした。しかしアナベラがふたを開けたとたん、不快なおどろきでのけぞった。なかの液体はひどいにおいがした。アナベラはうれしそうにけらけら笑った。

「見当ついたかい？」

キラは首をふった。このくさい容器の中味がなにか、原料はなんなのか、想像もつかなかった。

アナベラはもとどおりにふたをした。まだ笑っている。「ためといて、ようく寝かせること。そうすりゃ、色にいのちをふきこんでくれて、しかも定着させてくれるんだ。こいつはね、古いおしっこだよ！」

アナベラは、満足そうにくすくす笑いながら色止め剤の素性を明かした。

午後おそく、キラはマットとブランチとともに帰途についた。肩にかついだ袋は、アナベラがくれた染糸でいっぱいだった。

「さしあたり、これでまにあうだろ」帰りぎわに老いた染色師はいった。「けどね、おまえさんは、自分で糸をつくれるようにならにゃいかんよ。さっきおぼえたことを、いまあたしに向かっていってみてごらん」

キラは眼を閉じて思案した。そして暗唱をはじめた。「アカネは赤。カワラマツバも赤、根っこだけ。ヨモギギクの葉は黄色、ヒトツバエニシダも黄色。それからノコギリソウ、黄色と黄金色。黒のタチアオイは花びらだけ、藤色」

「ミズッパナソウ」マットがにかっと笑って大声でいうと、汚れた袖で鼻水をぬぐった。

「しーっ、やめてよ」キラは笑いながらいった。「いまはふざけないで。だいじなことを思いだしてるんだから。ホウキスゲ」

そうつけくわえてさらに記憶をたぐる。「明るい黄色と茶色。それから、〝聖ヨハネの草〟も茶色、でも手が汚れる。

ウイキョウ――ブロンズ色の葉と花、摘みたてをつかう。食べることもできる。カミツレは、お茶と緑色用。

おぼえてるのは、これでぜんぶです」

キラは面目なさそうにいった。ほかにももっとたくさんあったのに。

アナベラは承認のしるしにうなずいた。「手はじめだからね」

「わたしたち、行かなきゃなりません。帰りつくまでに暗くなってしまうといけないので」キラは、空をみあげて時刻をおしはかりながら、ふとあることを思いだして老女にたずねた。

「青を出すことは、できますか？」

しかし、アナベラはまゆをひそめていった。「ホソバタイセイがいるね。育って一年めに、新鮮な葉を摘むんだ。それから、金っけのない雨水。そろえば青が出るよ」老女は首をふった。「うちにゃ、ない。もってるもんもいるが、遠くに住んでるからね」

「もってるもんって、だれだ？」マットがたずねた。

老女は答えのかわりに、自分の庭園のはるかかなたを指さした。そこは森がはじまる場所で、草におおわれた細道らしきものがみえた。それから彼女は、身をひるがえして小屋へと向かった。キラの耳に、老女の低いつぶやきがきこえた。「あたしゃ、出せたことがないんだよ。だけど、あすこにゃ、青をもってるもんがいる」

9

〈歌手〉のガウンには、ほとんど白に近いほどあせてはいたが、ほんの数箇所、いにしえの青を示すちいさな点があった。夕食を終えてオイルランプに火がともされてから、キラはガウンを注意ぶかくしらべてみた。修繕に着手する前に、陽の光のもとで慎重に色を合わせる必要があることはわかっていたが、手もちの糸を大きなテーブルの上にならべてみた。自分のささやかなコレクションから出したもののほか、多くはアナベラにもらったものだ。そのとき、気がついた。真の青は、もはや存在しない。かつて存在していたことを示すヒントが残されているだけだ。キラは、青をもとどおりにする方法がわかりそうもなかったのでほっとした。同時に、空の色がこの図案にくわわれば、どんなにうつくしいだろうと思うとがっかりした。

植物の名前を、くりかえし声に出してとなえる。おぼえやすいように節をつけてみる。「タチアオイに、ヨモギギク。アカネに、カワラマツバ……」だが、心地よいリズムは生まれない。おしりの音がそろわない。

トマスがドアをノックした。キラはよろこんで彼をむかえ、ガウンと糸をみせた。そして、老染色師との一日について話した。

「名前をぜんぶおぼえられないの」キラはくやしそうにいった。「それでね、朝になったら、前に住んでた小屋の跡地に行ってみようと思ってるの。母が染料用に庭で育てていた植物が、まだ残ってるかもしれないから。それをみながらおぼえれば、もっと身につくと思うのよ。ただ、ヴァンダラが――」

キラはためらった。彫刻家には、まだ自分の敵について話していなかった。それに、その名前を口にするだけでも不安をおぼえた。

「傷のある女の人のこと？」トマスがきいた。

キラはうなずいた。「知りあい？」

トマスは首をふった。「でも、だれなのかは知ってる。知らない人はいないよね」

そういってから彼は、深紅の糸のちいさな束をとりあげて、ものめずらしげにたずねた。「染色師は、どうやってこれをつくったの？」

キラは記憶をたぐった。アカネは赤。思いだせた。「アカネよ。つかうのは根っこだけ」

「アカネ」トマスがくりかえした。そのとき、彼はあるアイディアを思いついた。「キラ、ぼくが名前を書いてあげようか。それでおぼえやすくなると思うよ」

「あなた、字が書けるの？　それに、読めるの？」

トマスはうなずいた。「ちいさいころ、ならったんだ。男の子は読み書きができる。選出された子だけだけどね。それにさ、ぼくは文字を彫ることもあるから」

「でも、わたしはできないのよ。だから、せっかくあなたが名前を書いてくれても、わたしには読めないわ。女の子は読み書きをならうのを許されていないし」

「それでも、ぼくはきみの暗記を手伝ってあげられるんだな。きみがぼくに名前をいうだろ。そしたらぼくはそれを書きとめる。そのあと、ぼくが、書いたものをきみに読んであげればいいんだ。きっと役にたつよ」

キラは、おそらく彼のいうとおりだと気づいた。そこでトマスが部屋からペンとインクと紙をもってきた。キラはふたたび、思いだせるかぎりの言葉をあげていった。ゆらめく灯火のもとで、トマスが注意ぶかくそれらを書きとめていくのをみまもる。曲線と直線が組みあわさって音を形成していくさまがみてとれた。なるほどこれなら、あとでトマスに読みかえしてもらえる。

トマスが「タチアオイ（*hollyhock*）」と読みあげる。紙の上で彼の指がさしている単語をみる。丈高い茎にも似て、長細くて線がたくさんある語だ。おぼえてしまわないように、すかさず視線をそらした。自分があきらかに禁じられていることにかんして罪を犯したくなかった。いっぽうで、ペンがその単語をかたちづくり、そのかたちが名前の由来を物語っているさまは、キラをほほえませた。

翌朝とてもはやく、キラはいそいで食事をすませて、母の染料植物園があった場所まで歩いていった。陽の出の時刻ではあり、まだおきて活動している人はすくない。マットとブランチにでくわすことをなかば期待していたが、通りにはほとんど人影もなく、村内はまだひっそりとしていた。あちこちで赤ん坊が泣いている。コッコッというめんどりのおだやかな鳴き声もきこえる。しかし、カンカンとさわがしい日中の生活音はまだしない。

近づくにつれ、例の檻が、すでに一部できかかっているのがみえた。あれからほんの数日しかたっていないのに、女たちはとげのある低木をあつめ、キラが育った小屋の跡をそれでぐるりとかこっていた。かこわれた区画の地表はまだ灰とがれきにおおわれている。この土地は、彼女たちが建てようとしているイバラの柵によって、じきに完全に封鎖されてしまうだろう。女たちは、おそらく門のようなものをつくるつもりだろう。そうしてニワトリとちびたちをそのなかへ押しこむのだ。敷地内には、とがった木片や、割れたポットのギザギザの破片が転がっているだろう。キラは柵をながめてためいきをついた。自分のうちくだかれた過去の残りかすが、子どもたちを切りさき、傷つけることになる。けれど、彼女にできることはなにもなかった。家の残骸と建設途中の柵を、せいいっぱいの速さで通りすぎた。森との境界のあたりで、母の染料植物園の跡をみつけた。

菜園は根こそぎ掠奪されていたが、花の区画はぶじだった。ただし、植物はふみにじられていた。女たちはあきらかにこの区画を、柵用の低木をひきずりながら素通りしたのだ。それでも花々は咲きつづけていた。こんな破壊があったというのに、なお必死で生きのびようとしているんだわ。キラは、植物の生命力に畏敬の念をおぼえた。

そこにある植物の名前を、思いだせるかぎり頭のなかであげていってみる。それから、持参した布いっぱいに、摘めるだけの草花を摘んで包んだ。アナベラはいっていた。花や葉の多くは乾燥させてからつかうことができるが、ウイキョウのようにそうすべきでないものもある。「摘みたてをつかうこと」――老女はウイキョウについてそういっていた。しかもこの植物は、「食べることもできる」。キラはウイキョウを生えたまま残した。そして考えた。あの女の人たち、これが収穫して食べられる草だってこと、知ってるのかしら。

近くで犬が吠えた。つづいて口論がきこえてきた。夫が妻をどなりつける声。ちびが平手打ちされる音。村が眼をさまし、日常をスタートさせつつあった。もう行かなければ。ここはもはや自分の土地ではなかった。

あつめた植物を布で包みこみ、はしを結んで肩にかけた。杖をひろいあげるや、そそくさとひきあげる。村の中央通りを避けて帰る道すがら、ヴァンダラの姿をみとめてキラは眼をそらした。すると女は、得意げなあざけりの調子でキラの名前を叫んだ。「新生活は、お気に召してるかね？」

大声でそうたずねたあと、耳ざわりな声で笑った。キラは衝突を避けようと、いそいで角を曲がった。だが、いやみな問いかけと女のせせら笑いは、帰宅するまでキラの耳にこびりついて離れなかった。

「染料用の植物を栽培する場所が必要になると思います」数日後、キラはジャミソンに遠慮がちに切りだした。「それと、植物を乾かすのに、風通しのいいスペースもいります。火を焚くことができる場所と、染料を煮る鍋もです」ほかにもなかったかと考えてから、つけたした。「それから、水も」

ジャミソンはうなずいて、そんなものなら用意できると答えた。

彼は毎晩キラの部屋をおとずれて、彼女の仕事をチェックし、入り用なものはあるかとたずねた。なにかを要求して、それがかなえられるということが、キラには不思議なことに思われた。

しかし、トマスもつねにそうしてもらってきたといっていた。特定の木材――トネリコ、硬い心材、クルミ、あるいは渦のような木目をもつカエデ――が、どれもたのめば運ばれてきたという。そのうえ、あらゆる種類の工具もあたえられた。なかには彼がはじめて眼にするものもあったそうだ。

日々が流れはじめた。忙しい日もあれば、退屈な日もあった。

ある朝、キラが染色師の小屋に行く準備をしていると、トマスが部屋にやってきた。

「ゆうべ、なにかきこえなかった？」彼は確信なさげに問いかけた。「ひょっとして、物音で眼がさめたりしなかった？」

キラは考えこんでから答えた。「ううん。ぐっすり寝ちゃってた。どうして？」

トマスは、なにかを思いだそうとしているらしく、当惑したようすだった。「なにかきこえたように思ったんだよなあ。子どもの泣き声みたいなかんじだった。それで眼がさめたと思ったんだ。でも、夢だったのかな。うん、夢だったんだね」

彼は明るくそういって、そのちいさな謎をふりはらった。そして話しはじめた。「きみのためにつくってきたものがあるんだよ。ここんとこ、朝はやく、いつもの作業をはじめるまでの時間にやってたんだ」

「トマス、あなたのいつものお仕事って、どんなことなの？」キラはたずねた。「わたしはもちろん、あのガウンなんだけど、あなたはなにをやらされているの？」

「〈歌手〉の杖だよ。とても古いものだ。しかも、現在の〈歌手〉だけじゃなく、たぶん代々の〈歌手〉たちの手ににぎられてきたせいで、彫刻の部分が摩耗しちゃってるんだ。だから、ぜんぶ彫りなおさなくちゃならない。むずかしい、でも重要な仕事さ。〈歌手〉は、この杖にほどこされた彫刻をたよりに、自分が〈歌〉のどのパートを歌っているかたしかめたり、つぎに歌う一節を思いだしたりするんだ。

それに、杖のてっぺんには、これまでいっさい彫刻がほどこされなかった広い面が残されている。ゆくゆくは、ぼくがそこをやりたいと思ってる。自分で図案を考えて、その空間に最初の一刀をきざむんだ」トマスはそこまでいうと、笑った。

「じっさいには、ぼくの図案じゃないや。かれらが、そこになにを彫るべきか、指図してくるだろうからね」

それからトマスは、てれくさそうに「ほら」といってポケットに手をつっこむと、キラにプレゼントを手わたした。彼はキラのために、ふたがぴったり閉まるちいさな箱をつくってくれていた。上部と側面には複雑な図案がきざまれている。それは彼女が学習をはじめた植物たちの図案だった。キラはよろこびにあふれて箱をつぶさに観察した。ぎっしり花をつけたノコギリソウの長くのびた花穂がみえる。そのまわりに気だるげに巻きついているのは、ハルシャギクの茎だ。根元にあたる部分をみると、黒ずんだ羽状の葉がこんもりと茂るようすが彫られていた。

キラは即座に、このすばらしい箱に自分がなにを入れたがっているかわかった。あのちいさな飾り布である。裁判の日はずっとポケットに入れていた。寝る前に手にしていると孤独がいやされた。いまは、資材を収納する抽斗のひとつに隠してあった。彼女はもうあの布きれをもちあるいてはいなかった。森を抜けて歩く長い道のりのあいだ、あるいは染色師のところで長時間仕事に没頭しているあいだに、なくすのをおそれたからである。

いま、トマスにみまもられながら、キラはあの布きれをもってきて箱のなかにおいた。

「きれいだね、それ」トマスはちいさな布をみていった。

キラは布をそっとなでてから、箱のふたを閉じた。「なんだかねえ、これ、わたしに話しかけてくるの。まるで生きているみたいに思えるのよ」そういってから、はずかしくなって笑ってしまった。自分でもおかしなことだとわかっていたし、トマスが理解してくれるとは思えなかったのだ。それどころか、ばかだと思われるかもしれない。

ところが、トマスはうなずくと、こういってキラをおどろかせた。「わかるよ。ぼく、おなじことする木片をもってるもの。ずっと前、まだちいさいときに彫ったやつなんだ。たまに、そのときもっていた知恵を、まだ自分の指に感じることがあるんだ」

いいおわるとトマスは帰っていった。

そのときもっていた知恵？　そのときだけなの？　知恵って、定着しないものなの？　キラはその考えかたに落胆したが、友にはなにもいわなかった。

アナベラからは、まだまだたくさんの知識を吸収しなければならなかった。しかしキラは、染色師の小屋で学ぶ時間をみじかくせざるをえなくなった。〈歌手〉のガウンの仕事を開始することが重要だったし、そのためには日中の陽光が必要だったからである。こうなると、はじめはあれほど困惑させられたタイル張りの浴室がありがたかった。ガウンにふれるさいはぜったいに手をきれいにしておかなければならなかったので、お湯と石鹸は手についた染料を落とすのに役だった。

マットが火のなかから救いだしてくれたちいさな刺しゅう枠はまだもっていたが、もう必要ではなくなっていた。支給された資材のなかに、上等な新品の枠もひとつあったのだ。広げてじょうぶな木製の台に立ててつかうことができるので、ひざにのせなくてすむ。枠を窓ぎわにすえて、いすに腰かけて作業することができた。

大きなテーブルの上にガウンを広げる。入念にしらべて、どこから仕事をはじめるべきか、じっくりえらぶつもりだった。キラはこのときはじめて、〈歌手〉が歌をつむぎだす範囲の広さを認識しはじめた。ガウンの豊かなひだには、〈崩壊〉のおそろしい物語で終焉をむかえる人間の全歴史が、とほうもない複雑さで描かれていた。

淡緑色をした海がみえる。海中深くには、あらゆる種類の魚がいる。なかには人間よりも大きい、それどころか人間の男性を一〇人あわせたのより大きい魚がいた。やがて海は、いつのまにか陸地全体へと溶けこんでいく。その地上にいる動物の姿は、キラの知らないものばかりだった。とても大きくてぶかっこうな生きものの群れが、丈の高い黄褐色の草を食《は》んでいる。これらはすべて、〈歌手〉のガウンのほんのちいさな一角に描かれた光景にすぎなかった。視線をうつしていくと、淡い色の海をはずれた放牧地の近くにべつの陸地が隆起し、そこに男たちが出現した。細かな刺しゅうによって、槍などの武器類をそなえた狩人たちの姿が造形されていた。そして、獣に殺された男たちの体に付着した血は、赤い色（アカネは赤。根っこだけ）のちいさな結び目で表現されていた。

キラは父のことを考えた。だが、この光景は遠いむかしの、父だけでなくすべての村民が存在するずっと以前のものである。赤い結び目によって血の点々を付された死者たちの姿は、まだガウンのほんのわずかな部分を占めるにすぎなかった。それは一瞬の出来事であり、いまでは〈歌手〉が年にいちどの〈歌〉をつうじて、人びとに過去を喚起するときをのぞけば、忘れさられている。

ガウンをみつめ、洗った手で表面をなでながら、キラはためいきをついた。こんなことを研究しているひまはないのだった。なすべき重要な仕事があった。そしてキラは、ジャミソンの切迫感が日に日に増しているのに気づいてもいた。彼はなんどもなんどもキラの部屋をおとずれては状況をチェックし、彼女が自分の仕事に集中しているか、細心の注意をはらって作業しようとしているかを確認していった。

片方の袖に、大がかりな修繕を要する箇所がみつかった。そこでキラは、ガウンのその部分を刺しゅう枠にあててぴんとのばした。それから、支給された精巧なはさみをつかって、ほつれた糸を慎重に切りとった。黄金色の色調で複雑に刺しゅうされた一輪の花を、ちいさなしみがひとつ、横切っていた。淡緑色の小川のほとりに、背の高いひまわりが立ちならぶようすを描いた景色の一部だった。はるかなむかし、だれかが——刺しゅうの技術にたけただれかが——、水泡らしさをあらわす白い糸の曲線によって、川の流れを再現していた。いにしえの糸つかいは、なんて才能に恵まれていたのだろう！　しかし、これらの染糸もとりかえなければならないだろう。

作業はいやになるほど遅々として進まなかった。母は、キラのように魔法といっていいほどの知恵はその指に宿していなかったけれども、より経験豊かで、器用で、手ぎわがよかったのだろう。

キラは、修繕箇所にぴったり合う糸をさがそうと、新たに出した黄金色の糸を窓にすかして、色調の微妙な変化を子細にしらべた。

午後おそくなって陽が陰りだしたので、キラは作業をやめた。木枠のなかの、ほんの数インチほどの範囲を注視して、自分がなしとげた成果をみきわめる。うん、うまくいっているわ。母もよろこんだことだろう。ジャミソンもよろこぶだろう。願わくば、この〈ガウン〉を身にまとうときがきたら、〈歌手〉もまた同様に満足してくれるといいのだが。

しかし、指が痛んだ。さすってためいきをつく。この作業は、幼少期をつうじて、ちいさな布きれに自分で好きにやっていた裁縫とはまったくちがっていた。まして、あの特別な布きれのようにはとうていいかない。あれは、死に瀕した母のかたわらで、キラの手のなかで意志をもって動きはじめたのだった。キラがならったおぼえのないやりかたで糸がよりあわされ、融合し、キラがみたこともない模様がかたちづくられていった。あれをやっていて、手が疲れることはけっしてなかった。

あの特別な布きれのことを考えながら、木彫りの箱のところへ行き、なかのちいさな布を広げてポケットに入れた。布きれは、まるで友だちの家にやってきたみたいに、うちとけてうれしそうにそこにおさまった。

そろそろ夕食が運ばれてくる時間だった。広げてあったガウンを、保護用の簡素な布でくるんだ。それから廊下を伝ってトマスの部屋へ行き、ドアをノックした。

若い彫刻家もちょうど仕事を終えるところだった。「どうぞ!」という声にキラが部屋へ入ると、彼は工具の刃をふいてかたづけをしていた。長い杖が、作業台にとりつけたクランプに固定して立てかけてあった。トマスはキラをみてほほえんだ。近ごろでは、ふたりは毎晩夕食をともにするようになっていた。

「ほら」彼は窓を指さしていった。下の中央広場から、さわがしい音がきこえてきていた。キラの部屋は、森に面しているのでいつも静かだった。

「なんなの？」

「みてごらんよ。明日の狩りの準備をしてるんだ」

キラは窓ぎわへ移動して、下をのぞきこんだ。広場には、配布される武器をとりに男たちがあつまっていた。狩りはいつも早朝から開始され、男たちは陽の出前に村を出発する。しかしいまはその準備だった。〈議事堂〉に付設された建物の扉が開けはなたれ、保管所から長槍が運びだされ、広場のまんなかに積みあげられていくのがみえた。

男たちは槍をもちあげては重さをたしかめ、しっくりくるものをさがしている。口論がおきていた。キラはふたりの男に眼を止めた。ふたりとも一本の槍の柄をにぎりしめ、たがいにどうしてもゆずろうとせず、どなりあっていた。

キラは、かまびすしい混乱のまんなかで、ちいさな人影が男たちのあいだをすばしこく動くや、槍を一本ひっつかむのをみた。彼女のほかにはだれも気づいていないようだった。みな自分のことで頭がいっぱいで、押しあいへしあいしている。ひとりの男など、はやくも槍の切っ先から血をしたたらせている。この無秩序な配布が完了しないうちに、ほかにも負傷者が出ることはあきらかだった。その少年に注意をはらう者はだれもいなかった。キラは自分のいる窓辺から、その人影がまぎれもなく槍を手にして、得意満面で人混みのわきに移動するのをみつめた。少年のはだしの足もとでは犬がはねまわっている。

「マットだわ!」キラはとりみだして叫んだ。「あの子、まだほんのちびなのよ、トマス! 狩りに行くには幼なすぎるわ!」わきに来たトマスに、キラは人影を指ししめした。トマスはキラの指先をたどって、ついに槍をたずさえて立っているマットをみつけた。

トマスはくすっと笑った。「男のちびって、ときにはああいうことをするものだよ。おとなたちは気にしないさ。狩りについてこさせるよ」

「だけど、ちびには危険すぎるわ!」

「なにが心配なの?」トマスは心底わからないらしかった。「ただのちびだよ。どうせ、数が多すぎるんだし」

「あの子、わたしの友だちなの!」

トマスはそれで理解したようだった。彼の顔つきが変わったのがわかった。心配そうに少年のほうをみおろしている。みると、マットは、しょっちゅう彼につきしたがっているいたずらっ子たちの一群にとりかこまれていた。一同は槍をふりかざすマットをほめそやしている。

キラはおどろくべき感覚におそわれた。腰ががくがくしていた。手をのばしてさすり、ふるえをとろうとする。ひょっとして、窓枠に体を強く押しつけすぎていたのかもしれない。それから、無意識のうちに手がポケットにのびた。あの布きれを入れておいたのを思いだした。ふれてみると緊張が伝わってきた。布が危険を告げ知らせていた。

「お願い、トマス」キラはせっぱつまった口調でいった。「あの子を止めるのを手伝って！」

10

人混みを通りぬけるのがひと苦労だった。キラは、自分より背の高いトマスが、叫び声をあげる荒っぽい男たちをかきわけ、道を開けてくれるあとをついていった。みおぼえのある顔があった。肉屋の主人がいる。ほかの男といいあらそって悪態をついている。武器の重さを比べあい、大声で自慢しあう集団のなかには、母の兄の姿もあった。

キラは、男たちにかこまれてすごした経験があまりなかった。かれらは女たちとはかけはなれた生活をおくっていて、うらやましいと思ったことはいちどもなかった。こうして男たちのがっしりした汗くさい体にぎゅうぎゅう押されて、かれらの怒りのつぶやきや叫びをききながら、キラは自分がおびえといらだちの両方を感じているのに気づいた。しかし、いっぽうではわかっていた。これは狩りに特有のふるまいであり、いまは自分をひけらかし、自慢し、たがいをためしあうべきときなのだ。マットが子どもじみたプライドから、その輪にくわわりたいと思ったのもむりはない。

うすい色の髪をした、腕を血だらけにした男が、こぜりあいをつづける一群を抜けてくるなり、いそいで通りすぎようとしていたキラにつかみかかった。「こんなとこに賞品があるぜ！」男の叫び声がひびきわたった。だが仲間たちは口論に夢中だった。キラは杖を突き棒がわりにして男を押しのけ、つかまれていた手首をねじってのがれた。

「きみはここにいないほうがいい」追いついたキラにトマスがささやいた。ふたりは広場の、マットを最後に目撃した場所にあとすこしという地点にいた。「男ばかりの場だし、それに狩りのときは、みんなふるまいが荒っぽくなるから」

それはわかっている。においや、下品な口げんかや怒号から、ここが少女や女性のいるべき場所でないことははっきりしていた。キラは、うつむいて地面をみつめたまま、みつかってまたつかみかかられたりしませんようにと願っていた。

「あそこ、ブランチよ！」キラは指さした。子犬が彼女の姿をみとめて、曲がったしっぽの先をふった。「マットも近くにいるわ！」

キラはトマスをともない、人波をかきわけて進んだ。マットがいた。まだ槍をもってはねまわっている。するどい切っ先がいまにもまわりのちびたちを襲いそうだ。

「マット！」キラは叱りつける口調で呼んだ。

少年はキラをみると、手をふってにっこり笑い、叫んだ。「おいらもう、音節いっこ増えて、マティだぜい！」

怒ったキラは、槍の柄の、少年がにぎっているすぐ上をひっつかんだ。「マット、あなたが二音節になるのはだいぶ先でしょう。トマス、これお願い」そういって、少年の手から槍をひきはがし、注意ぶかく〈彫刻家〉に手わたした。

「うんにゃ、なったんだ！」マットが笑いながら得意そうにいった。「ほれ、みてみ！　男らしい毛皮、手にいれた！」

いとけない少年は、両腕を頭上にあげて悪ふざけの成果をみせた。キラは眼をこらした。わきの下が、なにか茂みのようなものに厚くおおわれている。「なんなの、それ？」たずねたとたん、キラは鼻にしわをよせた。「ひどいにおいがする！」さわって、すこしひきちぎってみて笑いだした。

「マット、それ、沼地に生えてる草でしょう。ひどいものをつかったわね。そんなもの貼りつけて、どういうつもり？」

トマスはさっきの槍を、その柄にむしゃぶりついてきた男にゆだねた。それから、キラに両肩をつかまれながら身をくねらせているマットをみおろしていった。「まるで野獣少年だね！　どうだい、キラ？　そろそろマットを浴室にご案内するころあいじゃないかな！　体をきれいにしてあげて、ついでに二音節も洗いおとしてやろうよ」

洗うという言葉をきいたとたん、マットはのがれようとしていっそうはげしく身をよじった。

しかし、ふたりがかりで押さえつけられると、ついに観念してトマスに抱きあげられた。少年はトマスに肩車をしてもらい、群衆から頭ひとつ抜けて運ばれていった。

こうして槍がもたらす危険な陶酔が去ると、マットのちいさな崇拝者たちは散っていった。わめきあい、押しあう男たちの頭上にそびえる席から、マットが叫んでいる。「みろやあい、ヤジュウ少年さまのお通りだい！」だれもみむきもせず、気にもしなかった。ふと足もとをみると、ブランチがいた。キラは、人混みに埋もれて踏みつけられないように子犬を抱きあげてやった。自由なほうの腕に犬をかいこんで、杖をつきながらトマスについていく。一行は群衆を迂回してじりじりと進み、宿舎の廊下を包む静けさのなかへともどっていった。

キラは笑いながらきいていた。トマスが自分の浴槽にマットとブランチをいっしょに入れて、情け容赦なくごしごしと洗っている。そのあいだ、悲鳴とすすり泣きがつづいていた。

「カミノケもやだってばよぉ！」もつれた毛の塊にお湯をそそがれたマットが、抗議のうめき声をあげる。「おいら、おぼれさす気かよぉ！」

ようやく、顔を上気させておとなしくなったマットが出てきた。洗った髪がタオルで乾かされて光輪のようにかがやき、さっぱりした体は毛布にくるまれている。彼をまじえてみんなで食事をした。ブランチは、小川で水遊びをしてきたばかりというように、景気よく水気をふるいおとすと、床に身をおちつけて、もらった残りものにかじりついた。

マットは用心ぶかく自分の手をかいで、しかめっ面をした。「あのセッケンっちゅうのは、ひってえヤだな」そして、「けど、食いもんはうめえや」とつけくわえると、自分の皿になんどめかのおかわりを盛った。

夕食がすむと、キラはマットの髪をとかしてやった。少年はそのあいだじゅう、やかましく文句をいっていた。それから鏡をかかげてみせてやった。鏡はキラにとっても、この宿舎へ越してきてはじめて体験したものだった。キラは鏡を通して、小川の水面に映るのとはちがった自己像を知った。それまでは水に映った姿しかみたことがなかったのである。マットはしげしげと自分の容姿をしらべ、鼻にしわをよせて両のまゆをあげた。つづいて歯をむきだすと、鏡に向かってうなり声をあげ、テーブルの下で寝ていたブランチをおどろかせた。「おいら、かなり、モーレツ」彼は得意げにいった。「あんた、おいらをおぼれさすとこだったけど、おいら、モーレツにたたかった」

キラとトマスは最後に、マットにぼろぼろの服を着せなおしてやった。少年は自分の体をみおろしてから、とつぜん、キラの首にかかっている革ひもに手をのばした。

「おくれ」彼はいった。

キラは困って体をひいた。「やめなさい、マット」そういうと、少年の手からひもをひきはなした。「ひったくらないの。なにか欲しいときはたのみなさい」

「おくれってのは、たのむってことじゃんか」少年はとまどい顔で指摘した。

「いいえ、ちがいます。すこしはお行儀を身につけなきゃだめよ。とにかく、これはあげられないの。いったでしょう、特別なものだって」

「プレゼントだろ」マットがいった。

「そうよ。わたしのお父さんがお母さんにあげたプレゼントなの」

「んじゃ、カトリーナは、キラのとうちゃんがいっちゃん好きだったんだろな」

キラは笑った。「そうかもね。でも、もらう前からいちばん好きだったのよ」

「おいら、プレゼント、欲しい。いっかいももらったこと、ねえもん」

トマスとキラが笑いながらつるつるした固形石鹸をさしだすと、少年はそれをまじめくさってポケットに押しこんだ。それでふたりは彼を解放した。もう男たちも槍も消えていた。キラとトマスは、犬をしたがえたちいさな人影が、ひとけのない広場を横切って夜闇に消えていくのを、窓からみまもった。


トマスとふたりきりになったキラは、布きれからうけとった警告について説明しようとこころみた。「手になにかの感覚を伝えてくるの。ほら」おずおずと話しながら、ポケットからとりだして明かりにかざした。だが、布きれはすでに沈黙していた。さっきのような動揺した緊張感とはまるでちがう、やすらぎと静けさのようなものが感じられた。キラは、それがただの布きれにしかみえなくなってしまったことにがっかりした。トマスにわかってもらいたかったのに。ためいきをついてわびた。「ごめんなさい。動きそうもないわね。でもね、ときどき――」

トマスはうなずいた。「たぶん、その感覚は、きみだけに向けて発信されるものなんだよ。さあ、ぼくの木片をみせるよ」彼はそういうと、テーブルの上にすえつけられた道具棚のところへ行き、うすい色のマツ材の木片をおろしてきた。彼のてのひらにすっぽりおさまる大きさだった。彫りこまれた複雑な図案が、いりくんだ曲線となって縁をとりかこんでいた。

「これを、まだちびのときに彫ったの？」キラはびっくりしてたずねた。これほど非凡なものはみたことがなかった。彼の作業台の上においてある箱やアクセサリーも、それなりにうつくしかったけれども、このちいさな木片にくらべたらよほど単純なしろものだった。

トマスは首をふって説明をはじめた。「あれは、道具のつかいかたを身につけようとしている最中だった。ぼくは、この捨てられていたちいさな木ぎれで、その技術をためしはじめたんだ。そしたら――」

トマスは口ごもった。いまだそれに心まどわされているかのように、木片をじっとみつめている。

「木ぎれが、勝手に彫られたのね？」キラはきいた。

「そうなんだ。すくなくともそうみえた」

「わたしも布でおなじ経験をしたわ」

「だからこそわかるんだ。布がどうやってきみに話しかけるのか。木もおなじように話しかける。手のなかで感じるんだ。ときどき――」

「警告を発するのね？」キラは、マットが槍を手にしているのをみたとき、布きれが張りつめてふるえているように感じられたのを思いだしていた。

トマスはうなずくと、話しつづけた。「そして、おちつかせてもくれる。ぼくはとてもちいさいときにここへ来たから、ひどく心細くておびえることもあった。そんなとき、この木ぎれをさわると、気持ちがしずまったんだ」

「そうなのよね、あの布きれもときどき、なぐさめてくれるわ。わたし、ここへ来て、あなたとおなじように最初はびくびくしてた。なにもかもがはじめてのことだったから。でも布きれを手にすると、安心した」キラはそこでふと考えこんだ。〈議事堂〉でのこの暮らしは、ごく幼いころにつれてこられたトマスにとって、はたしてどのようなものだったのだろう。

「たぶん、わたしのほうが気楽ね。だって、あなたとちがってひとりぼっちじゃないんだもの」

キラはトマスにいった。「ジャミソンが毎日、仕事をチェックしにくる。そして、廊下をわたるだけであなたに会える」

ふたりの友は、しばし無言ですわっていた。それからキラは布きれをポケットにもどし、いすから立ちあがった。「部屋にもどらなくちゃ。やらなきゃいけないことが山積みだから」

別れぎわにキラはつけくわえた。「マットのことで助けてくれて、ありがとう。あの子、やんちゃでしょ」

トマスは、作品の木ぎれを棚にもどしながら、にっこり笑って同意した。「ああ、ひってえやんちゃだ」

ふたりは、ちいさな友をいとおしく思いながら笑いあった。

ロイス・ローリー作　戦慄の近未来小説シリーズ

〈ギヴァー４部作〉 ***Giver Quartet***

好　評　既　刊

訳：島津やよい

〈ギヴァー四部作〉**1**

ギヴァー　記憶を注ぐ者

ジョナス，12歳。職業，〈記憶の器〉。
彼の住む〈コミュニティ〉には，
恐ろしい秘密があった——
世界中を感動で包んだニューベリー受賞作が
みずみずしい新訳で再生。

四六判ハードカバー　256頁　1575円
ISBN978-4-7948-0826-4

〈ギヴァー四部作〉**2**

ギャザリング・ブルー
青を蒐《あつ》める者

脚の不自由な少女キラ。
天涯孤独の身となった彼女を待っていたのは，
思いもかけない運命だった——
創造性をみずからの手にとりもどそうとす
少女の静かなたたかいがはじまる。

四六判ハードカバー　272頁　1575
ISBN978-4-7948-0930-

＊表示価格：消費税5%込定価

〈ギヴァー４部作〉続刊情報（邦訳未定）

◎原作では，『ギヴァー』『ギャザリング・ブルー』に下記の２冊を加えた４作がシリーズ化されています。

Giver Quartet 3

Messenger（メッセンジャー）　叡智ある者の指導のもと，人びとがたがいに支えあい，平和に暮らす「村」。不思議な力をもつ少年マティは，眼のみえない男性と暮らしている。村の周囲には村人の恐れる森が広がっていた。あるとき，不吉な変化があらわれ，村の境界は固く封鎖されてしまう。マティは村の外にいる旧友キラと再会するため森に入るが…。『ギャザリング・ブルー』と『ギヴァー』の登場人物が出逢い，物語の輪がいったん閉じられる。

Giver Quartet 4

Son（息子）　少女クレアは13歳になると〈器〉の任務をあたえられ，14歳で〈産品〉を身ごもった。やがて生まれた男児の〈産品〉は，知らぬまにつれさられてしまう。〈器〉は〈産品〉のことを忘れるよう義務づけられていた。しかし，クレアにはそれができなかった。彼女は決心する――たとえ行く手になにが待ちうけていようとも，自分の〈息子〉をさがすと。『ギヴァー』以来の〈善と悪〉をめぐる苛烈で壮大な物語が，ついに真の完結をむかえる。

株式会社 新評論
〒169-0051　東京都新宿区西早稲田 3-16-28
Tel：03-3202-7391　Fax：03-3202-5832
E-mail：shrn@shinhyoron.co.jp
Twitter：shin_hyoron

11

キラは身をふるわせながら、アナベラのちいさな小屋が建つ敷地に飛びこんだ。

今朝はひとりだった。マットは、いまでもたまについてくることはあったが、老染色師と、彼女のいつ終わるともしれない指導には退屈していた。少年と犬は、冒険の計画を思いついては、仲間とつれだって出かけることのほうが多くなっていた。マットはいまだに入浴というと腹を立てた。こざっぱりした姿をみた仲間たちに笑われたせいだった。

だから今朝は、森の小道をひとりで通ってきた。そして、はじめてこわいと思った。

「どうしたってんだい?」アナベラは庭先の炉のところにいた。夜明け前におきて、キラが来るまでにじゅうぶんに火をおこしておいたにちがいない。巨大な鉄鍋の下で、火がぱちぱちとはぜていた。キラが出発したのは、まだ陽がのぼるかのぼらないかの時刻だった。

ひと息ついてから、足をひきずって庭を抜け、老女のもとへ行った。アナベラは立ったまま、大気中にゆらゆらと脈うつ炎の熱で汗をかいていた。キラは、ここは安全のオーラに包まれていると感じた。緊張をといていいのだと、自分の体にいいきかせた。

「おまえさん、おびえた顔つきをしているね」染色師はキラのようすを観察していった。

「森の小道で、獣がついてきたんです」キラは呼吸をととのえようとつとめながら説明した。パニックはしずまりつつあったものの、まだ緊張はほぐれなかった。「茂みのなかから、きこえたんです。足音と、それにときどきうなり声もしてました」

おどろいたことに、アナベラはそれをきいてくっと笑った。老女はいつも、キラにたいして親切で忍耐づよかった。なのになぜ、こわがる彼女を笑うのだろう?

「わたし、走れないんです」キラは釈明した。「この脚ですから」

「走る必要なんぞないよ」アナベラはそういうと、鍋のなかの水をかきまわした。表面にちいさな泡がぽつぽつと浮かびはじめている。

「うぐいす色を出すのに、オオハンゴンソウを煮るよ」染色師はいった。「煮るのは花だけ。葉っぱと茎は、黄金色用だ」それからひとつうなずくと、すぐわきの地面においてある、花で満杯になった袋を指ししめした。

キラは袋をひろいあげた。棒でお湯の温度をたしかめていたアナベラがうなずいたのを合図に、大量の花をすべて鍋のなかへ入れる。ぐつぐつと煮えはじめるのをふたりでみまもる。やがてアナベラは攪拌《かくはん》用の棒を地面においた。

「おはいりよ。お茶をあげる。おちつくよ」老女はそういうと、となりのもっと弱火の炉にかかっていたやかんを鉤からおろして、小屋のなかへ運んだ。

キラはそのあとについていった。花の場合は正午まで煮なければならないこと、それからさらに何時間も水に浸けておく必要があることはすでに知っていた。色の成分を抽出するのは、いつも時間のかかる工程だった。オオハンゴンソウの染色液がつかえる状態になるには、明日の朝までかかるだろう。

アナベラの染料植物園は、炉の火のせいで、すでにうだるほどのむし暑さだった。しかし小屋のなかは、厚い壁が外気をさえぎっているためひんやりしていた。天井の梁《はり》から、薄茶色のこわれやすいドライフラワーがつりさげられている。窓ぎわにおかれたぶあつい木製テーブルの上には、染色ずみの糸がうずたかく積まれ、分類されるのを待っていた。糸の名前をいえて、分類できるようになるのも、キラが習得すべきことのひとつだった。分類作業用のテーブルのいつもの場所へ移動し、杖を壁に立てかけて腰をおろした。背後ではアナベラが、大きなマグカップふたつに乾燥させた葉を入れて、やかんのお湯を注いでいる。

「この濃い茶色は、アキノキリンソウの新芽で出したものですよね？」キラは糸束を窓明かりに近づけた。

「乾く前よりは色がうすくみえます。でも、やっぱりきれいな茶色です」数日前、老女がその新芽をつかった染色液を用意するのを手伝ったばかりだった。

マグカップをもったアナベラがやってきて、キラが手にしている糸を一瞥し、うなずいた。「アキノキリンソウの開花はまもなくだ。眼のさめるような黄色を出すにゃ、摘みたての花を乾燥させずにつかう。それから、花の場合は、短時間だけ煮ること。新芽みたいに長く煮ないようにね」

ほかにも、しっかり理解しておぼえなければならないこまごまとした知識がいろいろあった。トマスにたのんで、ぜんぶまとめて書きとめてもらおう。キラは、濃くて熱いお茶をすすると、ふたたび森で耳にした追跡者の不気味な音のことを考えた。

「来る途中、とってもこわかったんです」キラはうちあけた。「アナベラ、わたし、ほんとうにぜんぜん走れないんですよ。この脚はつかいものにならないんです」そういってはずかしそうに自分の片脚をみおろした。

老女は肩をすくめていった。「おまえさんをここへ運んできたじゃないか」

「ええ、ありがたいことに。でも、すごくのろのろとしか動けません」キラは考え考え、陶製のカップのざらざらした側面をなでた。

「マットとブランチがいっしょのときは、つけてくるものはいなかったわ。ひょっとしたらマットが、ブランチを毎日かしてくれるかも。ちっちゃな犬だって、獣を追いはらってはくれますよね」

アナベラは笑った。「獣なんざ、いないよ」

キラは老女をじっとみつめた。もちろん、火があかあかと焚かれているこの開拓地には、獣は来ないだろう。そして老女は、こんりんざいこの敷地から出ることも、森の小道を通って村へ行くこともないらしかった。「あたしゃ、ここにいられりゃじゅうぶんなんだ」――老女は以前、そう語った。村と、村での騒々しい暮らしについて、軽蔑の口調で話していた。それでも、四音節になるまで生きて、四世代分の知恵を身につけてきたのだ。それがなぜだしぬけに、無知なちびみたいなことをいって、危険などないというふりをするのだろう？　虚勢をはって胸をたたいたり、沼地の草を大量に貼りつけて「男らしい毛皮」とさわぐマットと変わらないではないか。

虚勢は身をまもってはくれない。

「うなり声をきいたんです」キラは低くつぶやいた。

「糸の名前をいっていきな」アナベラが命じた。

ためいきが出た。「ノコギリソウ」といいながら、濃い茶色のとなりに浅黄色の糸をおく。染色師がうなずく。

もっとあざやかな黄色の糸を、陽光のもとでよくしらべたすえに結論を出す。「ヨモギギク」染色師がまたうなずく。

「うなり声をあげたんですよ」キラはもういちどいってみた。

「獣はいない」染色師が断固とした口調でくりかえした。

糸の分類と名指しをつづける。「アカネ」深紅の糸に指をすべらせながらいう。キラの好きな色のひとつだった。つづいてそのそばにあった淡いラベンダー色の糸をとりあげて、まゆをひそめる。「これ、わかりません。きれいですね」

「ニワトコだよ」老女が教える。「こいつは色あせする。もたないんだ」

キラは、薄紫の糸束をまるめてにぎった。「アナベラ」たまらなくなって口を開いた。「うなったんです。ほんとうです」

「なら、そりゃ人間だったんだよ。獣ごっこをしてたのさ」アナベラはきっぱりと、確信に満ちた声で告げた。「おまえさんに、森をおっかないと思わせとくつもりなのさ。獣なんざ、いやしないんだよ」

そうしてふたりは、糸の分類と名指しをゆっくりと進めていった。

作業を終えて、キラは静かな森を通って帰った。小道の両わきのこんもりした茂みのなかから、おそろしい音はきこえてこなかった。キラは考えた。いったいどんな人間が、なんのために、つけてきていたっていうのかしら。

「ねえトマス」キラは、ふたりで食事をしている最中にたずねてみた。「獣をみたこと、ある?」

「生きているのは、ないな」

「じゃあ、死んだのはみたことあるの？」

「だれでもあるでしょ。狩人たちがえものをもちかえるから。ほら、こないだの晩も、狩りのあとに運びこんできたじゃない。肉屋の裏口に山積みにされてた」

キラは、思いだして鼻にしわをよせた。「すごいにおいだった。だけど、トマス――」

トマスは質問を待っていた。今日の夕食には、こってりしたソースのかかった肉が届いた。つけあわせには小ぶりなジャガイモのローストがそえられていた。

キラは、自分の皿の上の肉を指さしていった。「これ、狩人たちがもちかえったものよね。野ウサギだと思うんだけど」

トマスはうなずいて同意した。

「狩人がもってくるえものって、ぜんぶこんな感じだったわ。野ウサギとか、野鳥とか。なんていうのかな、すごく大きなものっていうのは、なかったわよね」

「シカがいたよ。ぼく、肉屋のとこで、二頭みたよ」

「でも、シカはおとなしくて臆病な生きものよ。狩人は、かぎ爪とか、牙のあるものはもってこないわ。獣って呼べるようなものは、けっしてつかまえないのよ」

トマスは肩をすくめた。「運がいいよね。獣が相手じゃ、殺されちゃうかもしれないもの」

キラは、獣に命をうばわれた父のことを思った。

「アナベラがね、獣なんかいないっていうのよ」キラはうちあけた。

「いないだって？」トマスは当惑の表情を浮かべた。

「こんなふうにいったの。『獣なんざ、いない』って」

「その人、マットみたいなしゃべりかたをするのかい？」トマスはまだ年老いた染色師に会ったことがなかった。

キラはうなずいた。「すこしね。たぶん、〈沼地〉育ちなのよ」

ふたりはしばらくだまって食べていたが、キラはふたたびたずねた。「つまりあなたは、ほんものの獣をみたことはないのよね？」

「うん、ないね」トマスはみとめた。

「でも、みたことある人を知ってるんじゃない？」

トマスはちょっと考えてから首をふった。「きみは知ってるの？」

キラはテーブルをみつめた。それを話すのは、たとえ相手が母であっても、いつもつらいことだった。「わたしの父は、獣に殺されたの」

「きみは現場をみたのかい？」トマスの声にはショックがあらわれていた。

「ううん。わたしはまだ生まれていなかったの」

「お母さんは？」

キラは、母がどう話していたかを思いだそうとした。「いいえ、みていないわ。父は狩りに出ていたの。りっぱな狩人だったってだれもがいうわ。でも、もどらなかった。かれらが母のところに知らせに来た。父が、狩りの最中に獣に襲われて、命をうばわれたって」

キラは困惑してトマスをみつめ、つづけた。「それなのに、アナベラはいないっていうのよ」

「彼女は、どうしていないってわかるんだろう?」トマスが疑問の表情できいた。

「アナベラは四音節なのよ、トマス。そこまで生きた人は、なんでも知ってるわ」

トマスは同意のしるしにうなずいてから、あくびをした。彼は一日中、仕事に精を出していたのだ。作業台にはまだ工具類が出しっぱなしになっていた。小型の彫刻刀があった。〈歌手〉がつかう例の凝った杖には、摩耗して平らになってしまった部分がある。そこにあのちいさな道具で、細心の注意をはらってふたたび彫刻をほどこし、造形しなおしていたのだ。ミスの許されない、神経をつかう仕事である。しょっちゅう頭痛がするし、眼を休めるためにたびたび作業を中断しなければならないといっていた。

「もう行くから、休んでね」キラはいった。「わたしも、寝る前に仕事のあとかたづけをしなくちゃいけないわ」

廊下をへだてた自分の部屋にもどると、テーブルに広げたままになっていたガウンをたたんだ。今日は森から帰ったあと、午後いっぱい針仕事をしていた。ジャミソンは、いつものように作業した部分をみせると、承認のしるしにうなずいた。キラもくたびれていた。毎日、染色師の小屋まで長い距離を歩くのはきつかった。しかし同時に、新鮮な外気にふれると心が洗われたし、活力がわいた。トマスも、もっと外へ出るべきよ。キラは考えた。それからひとりで笑った。これじゃまるで、口うるさい母親のせりふだわ。

入浴をすませて——いまでは、あたたかいお湯は最高の楽しみだった！——、毎日洗濯した状態で届けられる質素なねまきを着る。それから木彫りの箱のところへ行って、例の布きれをとりだし、ベッドまでもっていった。小道沿いの茂みにひそんでいたものへの恐怖が、まだ心にわだかまっていた。眠りにつくまでのあいだ、そのことを考えてみた。

ほんとなのかしら。獣なんざいない、だなんて？　思考が問いを組みたてる。てのひらのなかでまるまっている布きれがぬくもりをおびるにつれ、心の声がささやくように問いに答える。

獣などいない。

それじゃ、お父さんはどうしたの？　獣に殺されたんじゃなかったの？　眠りにしずんでいくにつれ、言葉が思念からすべりおちていった。おだやかで規則ただしい寝息が枕にあたって、キラは問いのつづきを夢にみた。

あの布きれが、答えらしきものを教えてくれた。しかし、その答えは、そよ風がさっと横切ったみたいに一瞬はためいただけだったから、明け方に眼をさましたときにおぼえていられそうもなかった。布きれは、彼女の父にかんするなにか――とてつもなく重要ななにか――を告げた。

だが、その情報は眠りのなかにおとずれて、いかにも夢らしくずっとゆれうごいていた。キラは翌朝になると、その情報がもたらされたことをまったくおぼえていなかった。

12

起床の鐘が鳴って眼をさましたとき、なにかが変わったような感覚があった。ただし、ちがっているという意識があるだけで、そのちがいがなんなのかは忘れてしまっていた。しばらくベッドのはしにすわって考えてみた。だが、さっぱりつかめなかったので、ついにあきらめた。そうだ、考えないようにしていると、かえってうしなわれた記憶や、思いだせなかった夢がもどってきやすくなることだってあるわ。

外では嵐が吹きあれていた。風が木々をゆさぶり、どしゃぶりの雨を建物にたたきつけている。窓からみおろすと、かたい地表が一夜のうちにぬかるみに変わっていた。どうみても、今日は染色師の小屋に行けそうにない。ちょうどよかったわ、とキラは思った。ガウンにほどこすべき作業はまだ山のようにあるというのに、〈集会〉がおこなわれる初秋がせまってきていた。ジャミソンは近ごろでは、ときには日に二回も、進捗状況をチェックしに立ちよるようになっていた。彼はキラの仕事ぶりに満足しているようだった。

ついおとといのことである。ジャミソンは、装飾されていない広い部分に手をすべらせながらいった。「ここが、きみのほんらいの仕事の出発点だ。今年の〈集会〉が終わったら、つまりきみが復元を完了したら、きみはそのあと何年にもわたって、ここをまるごとになうことになる」

キラも、彼が手をおいている場所にふれてみた。そこで自分の指が魔力を感じるかどうか、たしかめようとした。しかし、あるのは空虚さだけだった。満たされない欠乏の感覚があった。

ジャミソンは、キラが自信をもてずにいるのを感じとったらしく、はげました。「心配しなくていいよ。われわれがここに描いてほしいものを、きみに説明するから」

キラは返事をしなかった。安心させようとする彼の言葉が彼女を悩ませた。わたしに必要なのは指示じゃない。この手におとずれる魔法なのよ。

そのときの会話を思いだしているうちに、キラはきゅうに気づいた。ジャミソンがいた！　彼に獣のことをきけばいいのよ！　ジャミソンはいっていたのだ。彼もあの日、狩猟隊にくわわっていて、キラの父が死ぬのを目撃したと。

それに、たぶんマットにもきいてみることになるだろう。あの子ったらやんちゃ坊主だから、しょっちゅう村の境界を越えて、ちびが立ちいってはいけない場所にも行ってたにちがいないわ。少年と、彼のするいたずらを思いうかべて、キラはくすっと笑った。マットはあらゆることをさぐりだすし、なんでも知っている。あのとき、もしキラとトマスが止めなかったら、狩りに出かける男たちについていって、危険に身をさらしていたことだろう。ひょっとしたら前にもついていったことがあるのかもしれなかった。

ひょっとしたら、あの子は獣をみたことがあるのかも。

朝食を運んできた世話人に、キラは明かりをともすようたのんだ。部屋のなかは嵐のせいで、仕事場所にしている窓辺でさえうす暗かった。広げたガウンの前にようやく腰をおちつける。やりかけだった箇所に刺しゅう枠をはめた。そして、これまでなんどもやってきたように、ガウンに描かれたこの世の複雑な物語を眼と指で追っていった。スタート地点は、もう長いこと繕っている箇所で、緑色の海と、その岸辺にいる黒ずんだ色の動物たち、そして狩りで血を流した男たちの場面である。かなたに村々があらわれ、あらゆるかたちの住居がみえる。焚き火から立ちのぼる煙をあらわす曲線には、くすんだ灰紫色の糸がつかわれていた。合う色の糸をもっていなかったので、ここを修繕する必要がないのはさいわいだった。この煙の糸はバジルで染めたものだろうと見当がついた。アナベラの話では、バジルはとてもむずかしく、しかも手がめっぽうひどく汚れるとのことだった。

それから、オレンジ、赤、黄色のちいさくて複雑な渦で表現された炎。この炎の模様は、くりかえされる崩壊の図案としてガウンのあちこちにあらわれた。糸の炎が複雑に縫いこまれることで、破壊の光景が鮮烈に描かれている。そのなかに人間の姿がみえる。人びとは破壊し、かれらのちっぽけな村々は崩れおちる。やがてもっと大きくてみごとなまちすら、火をともなう破壊によって焼きつくされる。ガウンのいくつかの場所には、この世の終末の感覚がただよっていた。それでもつねに、すぐ近くで、つぎの発展が生じる。新しい人びとが出現するのだ。

崩壊。再建。ふたたび崩壊。再生。より広く大規模な都市があらわれては、より広く大規模な破壊がおきていく光景を指でたどる。その周期はとても規則ただしかったので、それをあらわす図案も、あるはっきりしたかたちをとっていた。波のような上下運動の形象である。その図案はごくちいさな一角を起点にしていて、そこから最初の崩壊がはじまり、しだいに拡大していく。村々が大きくなるにつれ、炎も大きくなる。この段階ではまだ、すべての図案がとてもちいさくて、もっとも微細な縫い目の組みあわせがつかわれている。それでも、発展をあらわす図案はみわけられたし、そのつど崩壊の度合いがひどくなり、再建がむずかしくなっていくようすもみてとれた。

いっぽう、平穏をあらわす光景はうつくしかった。黄金色の糸の陽光がさんさんとふりそそぐ草地に、無数の色調で描かれたちいさな花々が咲きみだれている。人間は抱擁しあった姿であらわされている。平和な時代の図案は、そうでない時代をおおう苦痛に満ちた無秩序にくらべて、おおいなる安らかさを発散しているようだった。

白い雲やピンクまじりの雲を指でなぞる。その背後には、ときにグレー、ときに緑の淡い空。キラはふたたび、青が欲しいと思った。青、それは平穏の色。アナベラはなんといっていた？

たしか、「あそこ」の人びとは青をもっているといっていたのではなかったか。どういう意味だろう？　だれのことだろう？　あそこって、どこだろう？

答えのない問いがつぎつぎとわきあがってくる。

窓にうちつけるはげしい雨の音で集中できなかった。キラはためいきをついて、風にゆさぶられ、たわむ木々をながめた。遠くで雷がゴロゴロと鳴った。

マットはどこにいるのだろう。こんな天気の日に、なにをしているだろうか。ふつうの人たち――キラと母が暮らした小屋の近隣に住む人びと――であれば、今日は家にいるだろう。男たちはいらいらと不機嫌にすごし、女たちは天候のせいで家事がかたづかないものだから、大声で文句をいっている。閉じこめられたちびたちは、とっくみあいをしたあげく、母親からするどい平手打ちをくらって泣きわめいていることだろう。

キラじしんは、おだやかな口調で話す未亡人の母といっしょだったので、暮らしぶりはことなっていた。しかし、ほかならぬそのことが、彼女をまわりからきわだたせもしたし、ヴァンダラの場合のように、他人の敵意を買いもした。

「キラ」トマスの声がして、ドアがノックされた。

「どうぞ」

〈彫刻家〉は部屋へ入ると、窓辺にいるキラの横に立って雨をみつめた。キラはいった。「このお天気で、マットはどうしてるかしらって考えてたところなの」

トマスは笑いだした。「そうだね、ぼくがお答えいたしましょう。マットは、ぼくの朝食をたいらげる気でいる。彼は今朝はやく、ずぶぬれでここへ到着した。うるさくてじゃまだからって、お母さんに追いだされたんだそうだ。朝ごはんが食べたかっただけだと思うけどね」

「ブランチもいっしょなの？」

「もちろんさ」

返事をするかのように、廊下でカチャカチャと足音がしたかと思うと、ブランチが戸口に姿をあらわした。首をかしげて耳を立て、曲がったしっぽを力いっぱいふっている。キラはひざをついて、子犬の耳のうしろをかいてやった。

「キラ？」トマスが、まだ窓ごしに雨をみつめたままでいった。

「んー？」キラは犬から顔を離して彼をみあげた。

「ゆうべ、またあれがきこえたんだ。こんどはたしかだ。子どもの泣き声だ。下の階からきこえてきたみたいだった」

キラはトマスをみつめた。彼の顔には気づかわしげな表情が浮かんでいた。やがてトマスはためらいがちにいった。「ねえ、キラ。いっしょに来てくれないかな？　ちょっとさぐってみたいんだ。風の音がしただけかもしれないんだけど」

たしかに、外ではすさまじい風が吹きあれていた。木々の枝が建物の側壁にはげしくうちつけ、吹きちぎられた葉が乱れ飛んでいる。だが、嵐の音は、子どもの泣き声とは似ても似つかない。

「もしかして動物だったんじゃない？」キラはいってみた。「わたし、ネコのそういう鳴き声をきいたことがあるわ。おなかが痛くて泣く赤ちゃんの声と似てるのよ」

「ネコ？」トマスは半信半疑でくりかえした。「うーん。もしかしたらね」

「それとも、子ヤギかしら。泣いてるみたいな声を出すから」

トマスは首をふった。「ヤギじゃなかった」

「ところで、わたしたち、探検をしちゃいけないとはいわれてないわね。すくなくともわたしは、いわれてないわ」

「ぼくもだよ」

「オーケー。じゃ、いっしょに行くわ。どっちにしても午前中は、暗くて仕事できないし」キラが立ちあがると、ブランチがいっしょに行けるのを期待して身もだえした。「マットは？　あの子もつれていったほうがいいと思うわ」

「おいら、どこ、つれてくって？」マットが戸口にあらわれた。髪の毛は湿っていて足ははだし、あごにはパンくず、口のまわりにはジャムをつけている。彼には大きすぎるトマスのシャツをかりて着ていた。「みんなで冒険、行くんだな？」

「マット」キラは、彼にききたいことがあったのを思いだした。「あなた、獣をみたことある？ほんものの獣」

マットの顔がかがやいた。「ひゃくおくまん回もみたやあい」彼はそういうと、歯をむきだして獣の顔まねをしてみせ、うなり声をあげた。おどろいた犬が少年のそばから飛びのいた。

キラはあきれ顔でトマスのほうをみた。

「こいよ、ブランチ」マットは獣ごっこをやめて犬のわきにしゃがんだ。犬はよってきて少年の体をくんくんかいだ。「おめえにべたべた、やるぞ」少年は、顔についた食べかすを犬になめられながら、にっこり笑った。

「そうよ、わたしたちで冒険に出かけるの」キラは少年に告げた。〈歌手〉のガウンに保護用の布をかぶせる。「ちょっと探検してみようってことになったの。ここの下の階には行ったことがないから」

マットは探検ときいて、うれしさのあまり眼を大きくみひらいた。

「ゆうべ、声がきこえたんだ」トマスが説明した。「たぶんなんでもないとは思うけど、ちょっとみてこようってことになったんだよ」

「声がしたんなら、なんでもないってこたあねえよ」マットが指摘した。そのとおりだわ、とキラは思った。

「そうだね。たいしたことじゃないだろうってことさ」トマスがいった。

「けどさ、もしかすっと、おもしれえもんかもしんないぜ！」マットが熱っぽくいった。

三人は犬をひきつれて、階段へ向かって廊下を歩きだした。

13

ブランチはいつもなら、しきりにあちこちはねまわり、先へ行ってまたもどってきたりする。それが今朝は、いつになく用心ぶかく、うしろからついてきていた。外ではまだ雷がゴロゴロ鳴っていて、廊下はほの暗かった。トマスが先頭を歩いた。犬の爪が床のタイルにカチャカチャとあたっている。その横を歩くマットは、はだしだから足音がしない。ほかにきこえるのはただ、キラがひと足ごとに杖をつくときのゴスンというくぐもった音と、彼女のねじれた脚がひきずられる音だけだった。

ふたりが暮らしている上の階とおなじように、ここもひとけのない廊下で、閉じた木のドアがならんでいるだけだった。

トマスが角を曲がった。と、なにかにおどろいたかのようにうしろへ飛びのいた。ほかの者は、犬までもが、その場にこおりついた。

「しーっ」トマスはひとさし指を口にあてて、静かにするよう身ぶりで示した。

前方の角の付近で足音がする。つづいてノックの音、ドアの開く音がして、声がきこえてきた。

その声と言葉の抑揚は――なにを話しているのかははっきりしなかったが――、キラがよく知っているもののようにきこえた。

「ジャミソンだわ」キラは声を出さずに口のかたちだけでトマスに伝えた。トマスはうなずいて同意すると、廊下の角を注視した。

キラはふと思った。ジャミソンは彼女の弁護人をつとめ、その後は、彼女のここでの新生活全般に責任をおっている人物である。だから、キラには、こんなふうに廊下の暗がりにうずくまって隠れなければならない理由などないはずだった。それなのに、なぜかおびえていた。

キラはつまさき立ちで前進すると、トマスのわきに身をのりだした。ドアのひとつが開いているのがみえた。部屋のなかから不明瞭なつぶやき声がきこえてくる。ひとつはジャミソンの声、もうひとつは、子どもの声だった。

子どもがみじかく叫んだ。

ジャミソンが話しかける。

するとおどろいたことに、その子どもが歌いはじめた。

澄んだ高い声がいっきに音量をあげていく。歌詞はない。まるで楽器のような明澄さをもった声だけがあった。声はまず高く上昇し、そのあとひとつの高音で止まり、そのまましばらくその音をかなでつづけた。

キラは、着ているものがぐいっとひっぱられたように感じた。みおろすとマットが横にいて、眼をまるくして彼女のスカートをひっぱっていた。キラは少年にだまっているよう合図した。

ほどなく、歌声が唐突にとぎれた。子どもはふたたび泣きだした。

ジャミソンの声がした。こんどはきびしい調子だった。キラは、彼がそんな口調で話すのをきいたことがなかった。

ドアがバタンとしまり、声がきこえなくなった。

マットがまだキラのスカートをひっぱっていた。キラは、少年がいうべきことをささやけるように身をかがめた。

「あれ、おいらのダチ」マットは切迫した口調でいった。「いんや、ほんというとダチじゃねんだけど。だって、おいらとダチどもは、女のちびなんざ、好きじゃねえから。けどさ、おいら、あいつ知ってる。〈沼地〉に住んでたんさ」

トマスも耳をそばだてていた。「いまの、歌っていた子かい?」

マットは夢中でうなずいた。「ジョーってんだ。〈沼地〉で、いっつも歌ってた。あんなふうに泣くの、きいたことねかったよ」

「しーっ」キラは静かにさせようとしたが、いまのマットにささやき声で話させるのは困難だった。「もどりましょう。わたしの部屋で話せばいいわ」

こんどはブランチが先頭だった。犬は、朝食のあった場所にもどってもっと食べものにありつける可能性に夢中で、うれしそうに退却していく。一行はしのび足で階段をのぼり、もとのフロアに帰った。

安全なキラの部屋で、マットはベッドにちょこんとすわり、素足をぶらぶらさせながら、歌っていた少女について語った。「あいつ、おいらよりちっせえんだ」彼はそういうと、床にぱっと飛びおり、腕を水平にして肩のところに合わせた。「背はこんくらい。そいで、〈沼地〉のもんはな、みんな、あいつが歌うのきく、すげえハッピーになった」少年はふたたびベッドによじのぼった。するとブランチがそのわきに飛びあがって、キラの枕の上でまるくなった。

「でも、あの子はどうしてここにいるの？」キラは当惑してたずねた。

マットはおおげさに肩をすくめてみせた。「あいつ、いまじゃ、みなしごなんだ。かあちゃんとうちゃん、死んじまったから」

「ご両親とも？　いっしょに亡くなったの？」キラとトマスは顔をみあわせた。ふたりとも身内の死を経験している。しかし、ほかのちびにも、おなじことがおきていたというのだろうか？

マットはもったいぶってうなずいた。情報をもたらすメッセンジャーの役割をになうのが好きなのだった。「まずかあちゃん、病気んなっちまった。そのうち荷引き人たちが来て、かあちゃん〈フィールド〉につれてった。そいから、とうちゃん、タマシイみまもりに行ったんだよな？」

キラとトマスはうなずいた。

「そんでもって」マットは芝居がかった悲痛な顔をつくってみせた。「とうちゃん、〈フィールド〉で、ひっでえかなしんだ。すわりこんで、とがったぶってえ枝で、じぶんの心臓、ぶっさした」

自分の話に衝撃をうけたふたりの顔つきをみて、少年はつけくわえた。「とまあ、みんなそういってたってわけさ」

「だけど、ちびがいたんでしょう！　ちいさな女の子が待ってたのに！」キラは叫んだ。父親がそんなことをするなんて、信じられない思いだった。

マットはふたたび肩をすくめた。そして考えこんでからいった。「あいつが好きじゃなかったんじゃねえの？」それからすこし間をおいて、むずかしい顔つきでつづけた。「けどさ、あいつの、あんなうめえ歌きいて、なんで好きじゃなくなんて、いられんだろうな？」

「それで、あの子はどうしてここへ来たんだろう？」トマスがたずねた。「ここでなにをしてるのかな？」

「ガキをもっと欲しがってるやつにやっちまうって、きいたけどな」

キラはうなずいた。「孤児はそうやってよそへやられるのよ」

「ただし――」トマスがゆっくりといった。

「ただし、なに？」キラとマットが同時にたずねた。

トマスはじっと考えこんだすえに、ようやく口を開いた。「その子どもが歌う場合は、話はべつだ」

ジャミソンはその日の午後おそく、いつものようにキラの部屋にやってきた。雨がまだふりつづいていた。マットはくじけたようすもなく、犬をつれて仲間をさがしに出ていった。こういう天気の日に仲間たちがいそうなところを、かたっぱしからみてまわるのだろう。トマスは仕事をしに自分の部屋へもどった。キラも、世話人に追加のランプをともしてもらって仕事にとりかかっていた。午後いっぱい、慎重に縫いつづけた。ジャミソンがドアをノックして、仕事が中断されたときはありがたかった。世話人がお茶を運んできてくれたので、ふたりは仲むつまじく腰かけた。雨がばらばらと窓をたたいていた。

例によって、ジャミソンはキラの仕事を注意ぶかくチェックした。その顔には、いつもと同様にしわがよっていて、キラがこの数週間でみなれた、感じのいい表情が浮かんでいた。広げたガウンのひだをふたりで綿密にしらべるあいだも、その声は礼儀ただしくて親切だった。

それでも、あのとき階下で耳にしたささやき声のきびしい調子が、頭から離れなかった。歌っていた少女のことを彼にたずねるのははばかられた。

「きみの仕事はじつにけっこうだ」ジャミソンがいった。前かがみになって、キラがしあげたばかりの部分を子細に点検している。微妙に色調がことなる何種類かの黄色を、細心の注意をはらって色合わせした箇所だった。背景には一面にちいさな結び目を縫いこんだので、生地に凹凸ができている。ジャミソンはつけくわえた。「きみのお母さんもすばらしい仕事をしたけれど、きみはもっとすぐれている。刺しゅうはお母さんに教わったんだったね？」

キラはうなずいた。「はい、ほとんどは」母が教えなかった技は、習得しようとしたわけではなく、技のほうからおとずれたらしかった。しかしその事情は口にしなかった。いえば自慢話になってしまいそうだった。

「それに、染色はアナベラが教えてくれています。まだ彼女の糸をたくさんつかわせてもらっていますけど、小屋では自分で染めたものもつくりはじめています」

「あの高齢の女性は、なんでも知っているからね」ジャミソンはそういうと、キラの脚をいかにも心配そうにみつめた。「歩いていくのが負担になっていないかい？　いずれはここへ、炉や鍋を設置させるがね。この真下に場所をつくってはどうかと思っていたんだ」彼はそういいながら、窓ごしに、建物とその向こうに広がる森のあいだの空き地を指さした。

「いいえ、わたし、体はじょうぶですから。でも――」キラはいいよどんだ。

「なんだい？」

「ときどき、小道を通るのがこわいんです。あの森は、どこもかしこも、とても息苦しくて」

「あそこには、こわいものなどなにもないよ」

「わたしは獣がこわいんです」キラは告白した。

「それでいいんだ。しかし、けっして小道をはずれないようにしなさい。獣は、小道には近づかないのだから」ジャミソンは、裁判の日とおなじように、安心感をあたえる声で告げた。

「うなり声をきいたことがあるんです」キラは思いきってうちあけた。そのときのことを思いだすと、かすかに体がふるえた。

「道にまよいさえしなければ、こわがることはなにもないよ」

「アナベラもおなじことをいっていました。こわがることなんか、なにもないって」

「四音節の人間の知恵にもとづいて、そういっているんだよ」

「でも、ジャミソン」なぜか、そのことを彼に話すのがためらわれた。あの老女の知恵を疑いたくなかったのかもしれない。しかし、こうしてジャミソンが気にかけてくれていることに力づけられて、キラは話す気になった。あのとき老染色師が、たいそう確信をもって告げたおどろくべき言葉を。「アナベラがいったんです。獣なんていないんだ、って」

ジャミソンは奇妙な眼でキラをみつめた。その顔には、おどろきと怒りがいりまじったような表情が浮かんでいた。「獣はいない？　彼女がそういったのかね？」

「『獣なんざ、いないよ』って。なんどか、この言葉どおりにいいました」

ジャミソンは、それまでしらべていた箇所から手を離して、ガウンをテーブルにもどした。そしてきっぱりといった。「彼女はたいへん高齢だ。そんなふうに話すというのは、よくない兆候だね。気がふれかかっているんだよ」

キラは半信半疑で彼の顔をみつめた。染色師と仕事をして数週間になる。植物のリスト、それぞれにことなるその多彩な特徴、染色法の子細。彼女のもつきわめて複雑な知恵はなにもかも、明快で完璧だった。精神の不調を示すきざしなど、いっさい感じたことはない。

もしかしたらあの老女は、だれも――ジャミソンのような地位にある人すら――知らないなにかを、知っているのだろうか。

「あなたは、獣をみたことがあるんですか?」キラはおずおずとたずねた。

「なんどもあるさ。あの森は獣だらけなんだよ」ジャミソンは答えた。「村の境界を越えたところでまよわないことだ。小道をはずれて行ってはいけない」

キラは彼の顔をみた。表情からなにかを読みとることはむずかしかった。しかし、その断固とした声は確信に満ちていた。

ジャミソンはつづけた。「キラ、忘れないでほしい。わたしは、きみのお父さんが獣にやられるのをみたんだよ。いまわしい光景だった。おそろしいことだ」

彼はためいきをついて、いたましそうにキラの手をかるくたたいた。それから帰りがけにふたたび、感謝しているというようにいった。「きみは、よくやってくれている」

「ありがとうございます」キラは小声で答えた。まだジャミソンの感触がのこる手をポケットに入れる。なかにはあの特別な布きれが、折りたたまれて入っていた。やすらぎは伝わってこなかった。ジャミソンがドアの向こうに消えてから、なぐさめをえたくて布きれをなでてみた。だが、手をすりぬけていく感じがした。キラになにかを警告しようとしているみたいだった。

あいかわらず雨がふりしきっていた。一瞬、雨音のかなたに、階下に住むあの子どものすすり泣く声がきこえたように思った。

14

朝になると陽が出ていた。きれぎれにしか眠れなかったキラは、もうろうとした感じでおきた。はやめの朝食をすませると、アナベラの小屋へ歩いていくのにそなえて、サンダルのひもを念入りに結んだ。雨あがりの澄んだ冷気にふれれば、すこしは眼がさめて気分もよくなるかもしれない。頭痛がした。

トマスの部屋のドアは閉まっていた。まだ寝ているのだろう。下の階からも、なんの物音もきこえてこなかった。キラは胸をおどらせて建物の外へ出た。嵐のなごりのそよ風が、まだ雨露できらきら光る木立ちからマツの香りを運んできていた。風で髪を吹きあげられると、寝つけなかった夜の不快さがうすらいでいった。

いつも村を出て森の小道に入る境界の場所へと、杖をつきながら歩いていった。そのすぐ近くに織物小屋があった。

「キラ！」小屋のなかから女の声が呼びかけてきた。マルレーナだった。こんな早朝にもう織機の前にすわっていた。

キラはほほえんで手をふり、あいさつするためにより道をすることにした。

「あんたがいなくてさびしいよ！　いまじゃ、ちびどもがかたづけをやってるんだけど、役にたたないことったら。ほんっとに怠け者でさ！　きのうなんか、あたしのお昼をぬすんだやつがいたのよ」マルレーナはしかめっ面で憤懣をあらわにした。織機のペダルにのせた足の動きがにぶくなる。おしゃべりやうわさ話がしたくてたまらないらしい。

「来たわ、あいつよ。あの悪ガキ！」

キラのくるぶしに、なじみぶかい湿った鼻がふれた。しゃがんでブランチの体をかいてやる。顔をあげると、マットが小屋の隅からこちらをみてにやにや笑っていた。

「こら！」マルレーナが怒って叫ぶと、少年は顔をひっこめて隠れた。

「マルレーナ」キラは、この織工が〈沼地〉に住んでいるのを思いだしてたずねた。「ジョーっていう名前の女の子のこと、きいたことありますか？」

「ジョーだって？」女は、マットの姿がちらっとでもみえたら叱りつけてやろうと、まだ小屋の隅を凝視していた。「出といで！」ふたたび大声で呼ばれたものの、あの抜けめのない利発な少年が、返事をするはずもなかった。

「ええ。よく歌を歌っていた子です」

「ああ、あの歌うちびね！　うん、知ってたわよ。名前ははじめてきいたけど。でもね、あたしらみーんな、あの子が歌うってのは知ってたよ！　まるで鳥みたいだったねえ」

「あの子の身のうえに、なにがあったのかしら？」

マルレーナは肩をすくめると、またペダルをゆっくりと踏みはじめた。「つれてかれたのよ。だれかんとこへ、もらわれてったんだと思うよ。親をなくしたそうだから」

それから彼女は身をのりだすと、大声でないしょ話をはじめた。「あの子が、魔法で歌を身につけたんだっていうもんもいたよ。だれもあの子に教えやしなかった、歌のほうからやってきたんだ、ってね」

マルレーナの足が止まった。そしてもっと近くへよれと手まねきしてから、ひそひそとうちあけた。「きいた話じゃ、あの子の歌にゃ、知恵がいっぱいつまってるんだってよ。ほんのちびなのにねえ。だけどあの子の歌にはさ、まだおきてもいないことが出てくるんだものね！」

「わたしは、うわさで知ってるだけで、じっさいに歌をきいたことがないんですよ」

マルレーナは笑った。足がふたたび急ピッチでペダルを踏みはじめた。織機がリズミカルに動きだす。キラは織工に別れの会釈をして、森の小道へと向かった。

森のとば口で、木陰に隠れていたマットが姿をあらわした。キラは織物小屋をちらっとふりかえった。しかしマルレーナはすでに仕事に集中していて、ふたりのことは忘れてしまっていた。

「今日はいっしょに来るの？」キラはマットにたずねた。「あなた、染色師の小屋にいるのがつまらなくなったんだと思ってたわ」

「今日は、行っちゃいけねえよ」マットはまじめな顔でいった。それから犬に眼をやるなり、笑いだした。「みてみ！　ブランチのやつ、トカゲっこをつかまえようとしてら！」

キラもそちらをみて笑った。ブランチは、木の根元に追いつめたちいさなトカゲが、幹をはいあがって手の届かないところへ行ってしまったので、頭上をみつめてくやしがっていた。うしろ足で立って、前足で宙を掻いている。トカゲが地上をふりかえり、濡れてとがった舌をちろちろと出し入れした。キラはくすくす笑いながらしばし見物していたが、やがてふたたびマットに向きなおった。

「行っちゃいけないって、どういうこと？　きのうは雨で行きそこねちゃたから、アナベラが待ってるのよ」

マットはおごそかな顔つきになった。「ばあちゃん、だれも待ってやしねえ。おてんとさんがのぼったとたん、〈フィールド〉へ行っちまったさ。荷引き人たちがつれてった。おいら、みたんだ」

「〈フィールド〉へですって？　なにいってるの、マット。あの人が小屋から〈フィールド〉まで歩いていけるはずがないわ！　遠すぎるもの！　彼女、すごく年をとってるのよ！　だいいち、行くのをいやがったはずよ」

マットは眼をむいていった。「おいら、ばあちゃんが行きたがったなんて、いってねえよ！　つれてかれたっていったんだ！　ばあちゃん、死んだんだ！」

「死んだ？　アナベラが？　どうして、そんなことに？」キラはぼうぜんとした。二日前に会ったのに。いっしょにお茶を飲んだのに。

マットはキラの問いを言葉どおりにうけとめた。「こんなふうにしてだよ」と答えるや、地面にあおむけに倒れこんで両腕を広げた。そして、大きくみひらいたうつろな眼で宙を凝視した。ブランチがなにごとかとよってきて、少年の首に鼻をおしつけた。しかしマットはその姿勢のまま動かなかった。

キラは、少年の演じるグロテスクだが正確な死の模倣を、絶望的な気持ちでみつめた。「やめて、マット」ようやく声が出た。「おきて。そんなことしないで」

マットは体をおこして、ひざのあいだに犬を抱きよせると、首をかしげてけげんそうにキラをみた。「たぶん、やつら、ばあちゃんの道具、キラにやるつもりだぜ」

「ほんとうにアナベラだったの？」

マットはうなずいた。「やつらが、ばあちゃん〈フィールド〉につれてくとき、おいら、顔みたさ」そして一瞬、またうつろな眼で、さっきのように死者の顔をまねてみせた。

キラはくちびるをかんだ。小道をはずれた。マットがただしい。いま森に入るべきではなかった。しかし、それならどこへ行けばいいのか。トマスをおこすことはできるだろう。でも、なんのために？　彼は老染色師と一面識もなかったのだ。

しまいにキラは、来た方角をふりかえって、自分の住む〈議事堂〉の大きな建物をながめた。翌廊についているあの扉は、ふだん出入りにつかっているものだ。正面のあの大きな扉は、もう何週間も前、裁判の日に通った。おそらく今日は、キラの裁判がおこなわれたあの巨大なホールで、〈守護者評議会〉が開かれていることはないだろう。だが、ジャミソンは建物内のどこかにいるにちがいない。キラは彼をさがそうと決めた。ジャミソンなら、なにがおきたのか知っているはずだし、キラがどうすべきかを教えてくれるだろう。

「だめよ、マット」少年がついてこようとしたので、キラは止めた。

冒険のにおいをかぎつけていた少年はがっかりした顔になった。キラは彼にたのんだ。「トマスをおこしてきてちょうだい。彼になにがあったかを伝えて。アナベラが亡くなったって。それから、わたしがジャミソンをさがしにいったって」

「ジャミソン？　だれのこった？」

キラは少年の言葉におどろいた。彼女にとって、ジャミソンの存在は生活の一部になりきってしまっていた。だから、このちびが彼の名を知る機会がなかったことを忘れてしまっていたのである。

「最初にわたしを部屋へつれてきてくれた守護者よ」キラは説明した。「おぼえてない？　すごく背が高くて、黒い髪の人。あの日、あなたもいっしょにいたでしょう」

それからさらにつけくわえた。「いつもトマスの彫ったものを身につけてるわ。木のかたちをした、とってもきれいなやつ」

マットはそこでうなずくと、いきおいこんでいった。「そいつ、みた！」

「どこで？」キラはあたりをみまわした。ジャミソンが近くにいて、いずれかの作業場でみつけることができれば、〈議事堂〉にさがしにいく必要はなくなる。

「荷引き人たちが、センショクのばあちゃんを〈フィールド〉につれてくとき、そん人、わき歩いて、みてたぜ」マットはいった。

では、ジャミソンはすでに知っているのだ。

廊下はいつものように、ひっそりとしてうす暗かった。キラははじめ、人にみられないよう、できるだけ足音を立てないよう、こっそり行ったほうがいいような気がしていた。といっても、杖をついて脚をひきずるキラにはむずかしかったのだが。それから自分にいいきかせた。わたしには身を隠す必要なんてない。危険にさらされているわけでもない。お母さんが死んでからずっと、たよりになる助言者でいてくれた男性をさがしているだけよ。そうしたければ、きこえたら返事をしてもらえるように大声で彼の名前を呼ぶことだってできた。だが、大声を出すのは適切とは思えなかったので、ただだまって廊下を歩いていった。

予想どおり、巨大なホールにはだれもいなかった。ここをつかうのは特別な行事のときだけだった。たとえば、年にいちどの〈集会〉とか、キラの場合におこなわれたような裁判、それに彼女が経験したことのない各種の儀式などだ。キラは、大きな扉をひいてちょっとだけ開け、なかをのぞきこむと、建物内のべつの場所をさがしに向かった。

いくつかのドアをおそるおそるノックしたすえに、ひとつのドアの向こうから、ぶっきらぼうな声で「はい?」という返事があった。ドアを押しあけてみると、室内には世話人がひとりいた。みおぼえのない男性だった。机に向かっていそがしそうにしている。

「ジャミソンをさがしているんですが」キラは来訪の理由をのべた。

世話人は肩をすくめた。「ここにはいませんね」

それはみればわかる。「どこにいるか、お心あたりありませんか?」キラは礼儀ただしくたずねた。

「たぶん、翼廊でしょ」世話人はそういうと、ふたたび机上に眼を落とした。書類の仕分けをしているようだった。

「翼廊」といえば、自分の部屋のある場所だ。なるほど。おそらくジャミソンは、老女が死んだことを知らせようと、いまもキラをさがしているのだろう。キラは、今朝はいつもよりずっとはやく出発した。きのうは雨のせいで一日つぶれてしまったから、その遅れをとりもどそうと思ったのである。部屋で待っていれば、ジャミソンが彼女をみつけて、アナベラの死を告げ、事情を説明してくれたかもしれない。そうすれば、それほどショックをうけずにすんだし、こんなに孤独を感じることもなかっただろう。

「すみません、ここから翼廊へは、いったん外へ出なくても行けるんですか?」

世話人はいらついたようすで左の方角に手をふった。「つきあたりにドアがありますよ」

キラは礼をいって彼の仕事場のドアを閉めた。それから長い廊下のはしまで歩いていった。そのドアに鍵はかかっていなかった。開けると、みなれた階段があった。ついきのう、嵐の日に、トマスとマットといっしょにしのび足でおりた階段だ。のぼれば上階の廊下にもどれる。そこには自分とトマスの部屋がある。

キラは立ちつくして耳をすませた。世話人は、ジャミソンが翼廊のどこかにいるだろうといっていた。だが、なんの物音もきこえてこない。

ふと思いついて、自分の部屋につづく階段をあがらずに一階に残った。前日にトマスとともに隠れた曲がり角へ行ってみた。泣き声の出所をつきとめようと、あたりをうかがった場所である。音もなく、人の気配もしない。キラはその角を曲がって、きのうの午後には開いていた例のドアに近づいた。

ドアに身をよせ、耳をくっつけてなかの音にききいる。しかし、泣き声はおろか、歌声もまったくきこえなかった。

すこし間をおいて、ドアのノブをまわしてみた。鍵がかかっていた。意を決して、ごくおだやかにノックした。

室内で衣ずれの音がした。つづいて、体重のかるい人間がむきだしの床を歩く足音らしきものがきこえた。

もういちど、そっとノックする。

すすり泣く声がきこえてきた。

キラはドアに体をつけてひざまずいた。不自由な脚をおして、大きな鍵穴に口をよせられるところまでなんとか身をかがめた。それから、やさしく呼びかけた。「ジョー?」

「あたし、だいじょぶ」おびえた絶望的な声が弱々しく答えた。「おけいこ、してるとこ」

「わかってるわ」キラは鍵穴の奥に語りかけた。かすかにしゃくりあげる音がした。

「わたしはあなたの味方よ、ジョー。わたし、キラっていうの」

「おねがい、おかあちゃんに、あいたい」ちびは懇願した。声からすると、たいそう幼いようだった。

キラの頭になぜか、以前住んでいた小屋の跡地に建てられた柵のことが浮かんだ。いまごろあそこでは、ちびたちがイバラの柵のなかに閉じこめられている。いかにもむごいしうちではある。しかしあのちびたちは、すくなくとも孤独ではない。仲間がいるし、ぶあつい茂みを通して外界をみたり、周囲に村の暮らしを感じることができる。

どうしてこのちいさなちびは、ひとりぼっちで部屋のなかに閉じこめられているのだろう？

「また来るわ」キラはドアごしにやさしく呼びかけた。

「おかあちゃん、つれてきてくれる？」かぼそい声は鍵穴のすぐ近くからきこえた。息づかいさえ感じられそうだった。

マットの話では、この子の両親はふたりとも亡くなっている。

「また来るから」キラはもういちどいった。「ジョー、よくきいて」

ちびは鼻をすすった。遠く上階でドアの開く音がした。

「もう行かなくちゃ」キラは鍵穴に強くささやきかけた。

「でもね、ジョー、きいてちょうだい。わたし、あなたを助けるわ。約束する。いまは静かにしていて。わたしがここに来たことは、だれにもいっちゃだめよ」

いいおわるといそいで立ちあがり、杖をしっかりにぎって階段までもどった。二階にたどりついて角を曲がると、ジャミソンが彼女の部屋の開けはなした戸口に立っているのがみえた。彼はこちらへ近づいてきて、いたましい表情で彼女をむかえた。それから、アナベラの死の知らせを告げた。

キラは、とっさに警戒心がわいて、階下の子どもについてはなにも口にしなかった。

15

「みて！　わたしのために染色場を建ててくれてるの」

　正午だった。キラは窓の下の空間を指さした。〈議事堂〉と森のへりにはさまれたちいさな区画である。トマスも窓ぎわにやってきて外をながめた。労働者たちの手で、小屋らしき建築物の骨組みができあがっていた。屋根の下にはすでに、濡れた糸をつるして干すための長い竿がすえつけられている。

「なにもかも、あの人がもっていたのよりもりっぱね」キラは、アナベラのことをかなしく思いだしながらつぶやいた。「さびしくなるわ」

　すべて、あっというまの出来事だった。あまりにも急なアナベラの死。そしていま、それからたった一日で、新しい染色場が建てられつつある。

「あれはなにをしてるのかな？」トマスが指さした。小屋のわきの地面に、労働者たちが浅い穴を掘っている。その横で、鍋をかけるための支柱が地面にうちこまれていた。

「そうか、炉だね。きみは染料用の植物を煮るために、いつも火をうんと熱くしておかなきゃならないんだ」

「ねえ、トマス」キラはためいきをついて窓のそばを離れた。「わたし、染色のやりかたをなにからなにまでなんて、おぼえられっこないわ」

「いや、おぼえられるさ。きみが話してくれたことはぜんぶ、ぼくが書きとめてある。いっしょになんどでも復唱すればいいんだ。ねえ、みて！　なにを運んできたのかな？」

キラはふたたび窓外をながめた。労働者たちが新しい小屋のそばに、乾燥させた植物の束を積みあげていた。

「アナベラが小屋の梁につるしていたものを、ぜんぶもってきてくれたんだわ。これですくなくとも、はじめる環境はととのうわけね。草花のみわけはつくと思うのよ。かれらが、なんだかわからなくて、ぜんぶいっしょくたにしていなければだけど」

ひとりの労働者が、ふたのついた瓶《かめ》を地面におろすなり、不快げなしかめっ面をして顔をそむけた。キラはそれをみてくすっと笑った。それからトマスに説明した。「あれ、色止め剤なの。ひどいにおいがするのよ」その原料を指す下品な言葉をトマスにいうのはいやだった。だが、アナベラが「あたしのおしっこ瓶」と呼んでいたあの容器の中身は、染料をつくるうえで思いのほか欠かせない成分だった。

労働者たちはその日の朝はやく、鍋や植物や資材をかついであつまりはじめた。そのころジャミソンはまだキラの部屋にいて、前日の出来事を説明していた。彼はいった。急死だった。高齢者はよくこんなふうに亡くなることがある。アナベラは睡眠中だった。雨の日にうたた寝をしていて、それきり眼をさまさなかった。それだけだ。なにも謎はなかった。

ひょっとすると彼女は、キラを指導したことで、自分の仕事をまっとうしたと感じたのかもしれない。ジャミソンはおごそかにそう指摘した。そしてこうもいった。死はときとしてこんなふうに、つまり、おのれの職務を遂行したとたんに漂い去るというふうにおとずれるものだ。「それから、彼女の小屋は焼却の必要はない」彼はつけくわえた。「病気が発生したわけではないからね。だからそのまま残されるだろう。きみが望むなら、いずれはあそこに住んでもいいんだよ。ここでの仕事を完了したあとでね」

キラは、彼のすすめをうけいれてうなずいた。そしてあることに気づいた。老女の魂は、まだ肉体に残っているのではないか。そこで申しでてみた。「彼女には、魂の番をする人間が必要になります。行ってそばにすわっていてもいいでしょうか？　母のときはそうしました」

だが、ジャミソンはだめだといった。時間がない。〈集会〉が近づいている。四日もむだにするわけにはいかない。きみの仕事はガウンをしあげることだ。老染色師の魂の番は、ほかの者がやるだろう。

ではわたしは、ひとりぼっちで死者をいたむことになるのね。

ジャミソンが行ってしまったあと、キラは静かにすわっていた。アナベラがえらんだ人生が、どれほど孤独なものだったか、どれほど村の生活と切りはなされていたかを思った。そのときはじめて、キラの頭にある疑問がわきおこった。だれがアナベラを発見したの？　かれらはなぜ、あの小屋をしらべるべきだとわかったの？

「トマス、ちょっと外をみるのはやめてこっちへ来て。あなたにお話ししなきゃならないことがあるの」

トマスはしぶしぶ、窓ぎわを離れてキラがすわっているテーブルまでやってきた。しかしその表情からは、彼がまだ下でおこなわれている工事の騒音にききいっているのがみてとれた。男の子ね。キラは思った。かれらはいつも、このてのことをおもしろがるのだ。マットがいれば、建造を手伝わせてくれとさわいで、作業現場へおりていってじゃまをしたことだろう。

「今朝ね――」キラはそう切りだしたものの、相手が気もそぞろなのを感じとった。「トマス！　きいてってたら！」

彼はにやにやしてこちらを向き、耳をかたむけた。

「下の階の、例の部屋に行ってみたの。子どもの泣き声がきこえた部屋よ」

「それに、歌声もね」

「ええ。歌声も」

「マットによれば、その女の子の名前はジョーだ」トマスはいった。「ほら。ちゃんときいてるだろ。で、どうしてあそこへ行ったの？」

「はじめは、ジャミソンをさがしていたんだけど」キラは説明した。「気がついたらあの階にいたの。それで、あのドアのところまで行ってみたのよ。あの子がぶじか、のぞいてたしかめてみようかと思って。でも、鍵がかかってたの！」

トマスはうなずいた。おどろいていないようだった。

「だけどトマス、わたしはドアに鍵をかけられたことなんて、いちどもないわ」キラはいった。

「そりゃそうさ。だってきみはもうおとなだもの。ここへ来たときには二音節になっていたでしょ。でも、ぼくはちいさかった。まだ名前も『トム』だった。だからかれらは、ぼくの部屋に鍵をかけたよ」

「あなた、監禁されていたの？」

トマスはまゆをひそめて記憶をたぐった。「そういうわけじゃないよ。ぼくを保護するためだったんじゃないかな。それに、集中させるため。ぼく、ちいさかったから、仕事づけの毎日なんていやだったんだ」彼はそこでにっこり笑った。「ちょっとマットに似てたと思うよ。いたずら好きでさ」

「かれらにきびしくされた？」キラは、あの幼い少女に話しかけるジャミソンの声音を思いうかべながらたずねた。

トマスは考えこんだすえにいった。「厳格だったよ」

「でもね、トマス。下の階のあの子——ジョーね。あの子、泣いていたのよ。泣きじゃくってた。おかあちゃんにあいたい、っていったわ」

「マットの話じゃ、お母さんは亡くなったそうだね」

「あの子、そのこと知らないみたいなの」

トマスは、自分じしんの境遇を思いおこそうとしていた。「両親について、説明はうけたと思う。でも、ひょっとしたらすぐにではなかったかもしれない。ずいぶん前のことだからなあ。おぼえてるのは、だれかがぼくをここへつれてきて、どこになにがあるのか、どういうしくみになってるのかを教えてくれたこと——」

「浴室とお湯のつかいかたね」キラは苦笑いをまじえていった。

「そう、それ。あと、あらゆる工具のつかいかた。ぼくは、その時点ですでに〈彫刻家〉だった。もう長いこと、彫刻をしていた——」

「——わたしもそうよ、すでに縫いものをやっていたわ。それから、あの子、ジョーも——」

「そうだ」トマスはいった。「マットがいっていた。あの子はすでに、歌い手だったって」

キラはスカートのしわを手でのばしながら考えた。そしてゆっくりといった。

「そうすると、わたしたちは三人とも、すでに――なんて呼べばいいのか、わからないわ」

「アーティストじゃないかな?」トマスがほのめかした。「そうだ、この言葉だよ。人がいうのをきいたことはないけど、なにかの本で読んだことがある。そうだな、うつくしいものをつくる能力をもった人って意味。これじゃない?」

「そうね、そうだと思う。あの子がつくっているのは、あの子の歌声そのものね。そしてその歌はうつくしいわ」

「泣いていないときはね」トマスが条件をつけた。

「つまり、わたしたちは三人とも、それぞれアーティストで、親をなくして、ここへつれてこられたわけよね。どうしてかしら。それにね、トマス。ほかにもあるのよ、ふしぎなことが」

トマスはじっときいていた。

「今朝、マルレーナと話したの。織物小屋で知りあった女性よ。〈沼地〉に住んでいてね、ジョーのことも、名前は知らなかったけどおぼえていたわ。ああ、あの歌うちびね、って」

「あんな子だもの、〈沼地〉の人はみんな、知ってはいただろうね」

キラは同意のしるしにうなずいた。「彼女がいうにはね――ええと、なんていってたんだったかしら」キラはマルレーナの表現を思いだそうとした。

「そう、こうだわ。あのちびは、知恵をもっているみたいだ、って」

「知恵？」

「マルレーナがそういったの」

「どういう意味だろう？」

「ジョーが、まだおきてもいないことにかんする知恵をもっているみたいだっていうの。〈沼地〉の人たちはそれを、魔法だと思っていたんですって。マルレーナはそのことを話すとき、ちょっとおびえていたみたい。それからね、トマス」

「なんだい？」

キラは口ごもりながらいった。「わたし、その話をきいて、ときどき例の布きれにおこることを思いだしたの。このちっちゃなやつよ」そしてトマスがつくってくれた箱のふたを開けて、ちいさな織布をさしだした。

「前に話したでしょ。これがわたしに語りかけてくるみたいだって。

それに、あなたも話してくれたわね。おなじようなことをする木片をもってるって――」

「うん。まだぼくがちびで、彫刻をはじめたばかりのころからもってるやつ。棚の上のあれね。こないだみせたよね」

「おなじものなんじゃないかしら？」キラは慎重にたずねた。「それが、マルレーナが知恵と呼んでいたものなんじゃない？」

トマスはキラの顔をみた。それから、彼女の手のなかでぴくりともしない布きれに眼をうつした。そしてまゆをひそめた。とうとう彼はたずねた。「でも、なぜそうなるんだい？」

キラには答えようがなかった。「知恵って、ひょっとして、アーティストがもっているものじゃないかしら」おぼえたての言葉のひびきが気に入って、つかってみた。「ほかの人にはない、魔法の知恵よ」

トマスはうなずいてから肩をすくめた。「まあ、それはたいした問題じゃないでしょ？　ぼくらはげんにこうやって、恵まれた生活ができているんだから。前よりもいい道具がつかえて、じゅうぶんな食事ができる。なすべき仕事がある」

「だけど、下の階にいるあの子はどうなの？　泣きじゃくって暮らしてるのよ。部屋から出してももらえないのよ」キラはそこで、自分がした約束を思いだした。

「トマス、わたし、あの子にいったの。また来るって。そして、あなたを助けるって」

トマスは疑わしげな顔つきになった。「守護者たちは、そんなことを望まないと思うよ」

キラはふたたび、ジャミソンの声音にききとった厳格さを思いだした。ドアがバタンと閉められる音を思いだした。「そうね、わたしもそう思うわ」トマスに同意した。

「でも、夜なら。みんな眠っていると思われてる時間になったら、そっとおりていくわ。ただし

――」キラの表情がくもった。

「ただし、なんだい?」

「鍵がかかっていたら、部屋に入るのはむりね」

「いや、入れるよ」トマスがいった。

「どうやって?」

「ぼく、鍵をもってるもの」


それはほんとうだった。トマスは、キラをつれて自分の部屋へもどると、鍵を出して説明してくれた。

「ずいぶん前のことだけど、ぼくはこの部屋に閉じこめられていた。すばらしい道具たちも部屋のなかにあった。だから鍵を彫ったんだ。ほんと、すごくかんたんだったよ。ドアの鍵って、つくりが単純なんだ」

彼は、複雑に彫られた木製の鍵を指でいじりながらつけくわえた。「それにさ、これ、どこのドアにも合うんだ。鍵穴がぜんぶおなじなんだよ。ためしてみたからまちがいない。むかしは、夜になると部屋を抜けだして、あちこちでドアを開けながら、廊下をうろついたものさ。そのころはどの部屋も、からっぽだったけどね」

キラは首をふりふりいった。「あなたって、ほんとにいたずらっ子だったのね」
トマスはにやっと笑った。「だからいったろ。マットとそっくりだったのさ」
キラはすぐまじめになっていった。「今夜、いっしょに来てくれる?」
トマスはうなずいた。「わかった。今夜だね」

16

夕方になった。キラはトマスの部屋の窓から、むさくるしい村をみおろしていた。それぞれの作業場で、労働者たちが仕事じまいにあたって、てんでに騒々しい音を立てているのにきいる。路地の奥では肉屋の主人が、水のタンクを店先の石段に向かって投げつけている。そんなことをしても凝固した汚物はとれないのに。その手前には、織物小屋から帰途につく女たちの姿があった。キラは子ども時代のほとんどを、あの小屋で助手として働いたのだった。

キラは笑みを浮かべながら考えつづけた。マットは、いままさに終わろうとしているこの一日を、織物小屋で働いてすごしたのかしら？　かたづけの雑用を命じられていながら、あの子ったらたぶん、仲間たちといっしょに仕事のじゃまをしていたんだろうな。さわぎをおこしたり、織工たちのお昼をくすねたりして。キラのいる窓ぎわからは、少年と彼の犬があたりにいる気配は感じとれなかった。今日は一日、かれらの姿をみていない。

キラはそのままトマスとともに、暗くなってからも長いこと待った。世話人が食事のトレイをさげていった。そしてとうとう、建物全体が静まりかえった。村の喧噪もすでにおさまっていた。

「トマス」キラは提案した。「あなたのちいさな木片をもっていって。あの特別なやつよ。わたしも布きれをもってきたわ」

「いいけど、どうして?」

「よくはわからないの。でも、そうしたほうがいい気がするの」

トマスは高い棚の上から、木彫りのちいさなかけらをおろしてポケットに入れた。もういっぽうのポケットには木製の鍵が入っていた。

ふたりはそろって、ほの暗く照らされた廊下を階段へと歩いていった。

前を行くトマスがささやいた。「静かに」

「ごめんなさい」キラはささやきかえした。「杖の音がしちゃうの。でもこれがないと歩けないわ」

「そうだ、待って」トマスの言葉で、ふたりは壁ぎわにすえられた一本のかがり火のそばで立ちどまった。トマスは自分のゆったりしたシャツのすそを細長くひきさいた。そしてはぎとったその布を、キラの杖の先に手ぎわよく巻きつけた。布がクッションになって、木の杖がタイルの床を突くときの音がやわらげられた。

ふたりはいそいで階段をおりて、ジョーの眠る部屋へと向かった。ドアの前で立ちどまり、耳をすませる。だがなにもきこえない。キラはポケットに手を入れてみたが、布きれはなんの警告も発していなかった。キラがうなずいたのを合図に、トマスは大きな鍵を静かにさしこみ、まわした。ドアが開いた。

夜間は、ちびの監視役として世話人が同室しているかもしれない。キラは気づかれるのをおそれて息を殺した。しかし室内には、窓からさしこむ青白い月明かりと、ちいさなベッドがあるだけだった。ベッドのなかでは、幼い女の子がひとり、すやすやと眠っていた。

「ぼくは戸口でみはってるよ」トマスがささやいた。「あの子はきみを知ってる——すくなくとも声はわかるんだろ。きみがおこしなよ」

キラはベッドのところへ行くと、杖を支えにしながらへりに腰かけた。きゃしゃな肩にそっとふれる。「ジョー」やさしく呼びかけた。

もつれた長い髪に包まれたちいさな頭が、不安げに向きを変えた。一瞬ののち、ちびは眼を開くや、驚愕の表情になった。「いやっ、やめてぇ！」キラの手を押しのけながら叫んだ。

「しーっ」キラはささやいた。「わたしよ。ドアごしにお話ししたでしょう？　こわがらなくていいのよ」

「おかあちゃん、どこぉ」ちびは泣きさけんだ。

ほんとうに年端もいかない幼子だった。マットよりだいぶ下だ。よちよち歩きの赤ん坊と大差なかった。キラは驚嘆した。あのとき耳にした力強い歌声。それが、このおびえたちっちゃなみなしごさんから出たものだなんて。

キラは女の子を抱きあげると、前後にゆすってあやした。「泣かないで。泣かないで。だいじょうぶよ。わたしはあなたの味方。それに、あそこ、みえる？　彼はトマスっていうの。やっぱりあなたの味方よ」

ちびはすこしずつおちついていった。眼を大きくみひらいている。やがて、親指を口にくわえたまま話しだした。「あたし、穴のとこで、お話、きいてた」思いだしたようだ。

「そうよ、鍵穴のとこでね。ふたりでないしょ話をしたわね」

「あたしのおかあちゃん、知ってる？　つれてきてくれる？」

キラは首をふった。「ごめんなさい、つれてこられないの。でも、わたしがここへ来るわ。すぐ上に住んでるの。トマスもそうなのよ」

トマスが近づいてきて、ベッドのわきにひざをついた。ちびは彼をうさんくさそうにみつめて、キラにしがみついた。

トマスは天井を指さして、やさしい声でいった。「ぼく、きみの真上に住んでるんだよ。だからきみの声がきこえるんだ」

「あたし歌ってるの、きこえるの？」

トマスはほほえんだ。「うん。きみの歌、とってもすてきだ」

ちびは顔をしかめた。「あの人たち、いっつも、あたらしい歌、おぼえさせるの」

「新しい歌？」キラはたずねた。

ジョーはみじめなようすでうなずいた。「なんども、なんども。なんもかも、おぼえさせようとしてる。まえの歌は、おぼえなくても知ってた。でもいまは、あの人たちが、あたらしいのを、つめこむの。あたし、あたまわるいから、すっごく痛くなっちゃう」ちびはもつれた髪をくしゃくしゃとなでると、ふっとためいきをついた。そのしぐさが妙におとなびていたので、キラは痛々しい思いでほほえんだ。

トマスは室内をみまわしていた。こまごました家具の多くは上階の部屋とおなじだった。ベッドがひとつ。背の高い木製のたんすがひとさお。テーブルがひとつに、いすがふたつ。

「ジョー」トマスがだしぬけにたずねた。「きみ、のぼるのは得意かい？」

ジョーはまゆをひそめて、親指を口から出した。「〈沼地〉で、ときどき、木にのぼってた。でも、のぼるとおかあちゃん、ぶつの。あし、けがしたら、〈フィールド〉につれてかれちゃうぞ、っていうの」

トマスはまじめな顔でうなずいた。「うん、たぶんそれはほんとうだよ。それにお母さんは、きみにけがをさせたくなかったのさ」

「荷引き人に、〈フィールド〉につれてかれたら、もうぜったい、帰ってこれないの。けものにころされちゃうの」親指がまたすぽんと口のなかにおさまった。

「ところでね、ジョー。みてごらん。もしきみがあそこにのぼれたら――」トマスはそういって、たんすのてっぺんを指さした。

みひらかれた眼がトマスの指の先を追っていった。ちびはこくりとうなずいた。

「で、あそこに立ってうんと背のびしたら、しかも、なにか道具をもってたら、天井をたたけるよね。そしたらぼくにきこえるよ」

ちびはそのアイディアににっこり笑った。トマスはあわててつけくわえた。「ふざけてやっちゃ、いけないよ。きみがほんとうにぼくらを必要としてるときだけだよ」

「やってみてもいい？」ジョーはいきおいこんでたずねた。

キラが床におろしてやると、ちびはまるで一頭のしなやかな動物のように、いすからテーブルの上にはいあがり、そこからたんすのてっぺんによじのぼった。そうして誇らしげに立ちあがった。ねまきのすそから、二本のやせた素足が出ている。

「なにか道具がいるね」トマスがあたりをみまわしながらささやいた。

自分の部屋の備品を思いうかべながら、キラは浴室へ行ってみた。思ったとおり、洗面台わきの棚に、木の柄がついたじょうぶそうなヘアブラシがおいてあった。

「これ、ためしてみて」キラはいいながら、たんすの上のちびにブラシを手わたした。

ちいさな歌手は、満面の笑みを浮かべて手をのばし、ブラシの柄で天井をゴツンとたたいた。

トマスがちびを抱きおろして、ベッドのなかにもどしてやった。「あれでオーケー。それじゃ、もしぼくらが必要になったら、いまのが合図だからね、ジョー。でも、ふざけてやるのはだめだよ。助けが必要なときだけね」

「それに、あなたがゴツンしてなくても、わたしたちからも会いに来るわ。世話人たちが行ってしまったあとでね」キラはいいそえて、ちびの体を毛布でくるんでやった。そしてヘアブラシをトマスに手わたしながらいった。「ねえ、トマス、これをもどしてきてくれる?」

キラはジョーに向きなおると、告げた。「わたしたち、もう行かなくちゃいけないの。でも、すこしは気がらくになったかな? この上に友だちがいるってわかったでしょ」

ちびはうなずいた。濡れた親指が口のなかへ吸いこまれた。

キラは毛布をさすりながらいった。「それじゃ、おやすみね」

そうしてちょっとのあいだ、そのままベッドにすわっていた。かすかに、まだなにかするべきことがあったような気がしていた。自分がちいさなちびのころ、こんなふうに寝かしつけられるときに、してもらったなにか。

直感にしたがって、女の子のそばにかがみこんだ。わたしがちいさいころ、お母さんがしてくれたことって、なんだったかしら? キラは、ジョーのおでこにくちびるをあてた。なれない動作だったけれど、合っている気がした。

幼い女の子は、自分のくちびるをキラの頬にあてて、満足げにちいさな音を出した。それからささやいた。「ちゅっちゅ、よ。おかあちゃんも、してくれた」

キラとトマスは上階の廊下で別れ、めいめいの部屋へともどった。もう夜ふけだ。毎日、午前中から仕事をしなければならないふたりだった。眠る必要があった。

寝じたくをしながら、キラは階下に住むひとりぼっちのおびえたちびのことを考えた。かれらはいったい、どんな歌を、あの子にむりにおぼえさせようとしているのかしら？　そもそも、あの子はなぜここにいるのだろう？　親をなくしたちびは、ふつうよその家へゆずられるのに。

前の日にトマスと話しあったのとおなじ疑問だった。そしてその答えは、ふたりが達した結論そのものであるように思えた。つまり、かれら三人がアーティストであるということだ。歌と、木彫と、刺しゅうのつくり手。三人はアーティストゆえに、なんらかの価値をもっている。でもその価値がなんなのか、キラにはよく理解できずにいる。その価値が理由で、かれら三人はここにいて、じゅうぶんな食事と住まいをあたえられ、やしなわれている。

髪をとかし、歯をみがいて、ベッドにもぐりこんだ。開いた窓から夜風が入ってくる。下をのぞくと、施工なかばの建物群がみえる。近いうちに、彼女の染料植物園と炉と作業小屋ができあがるだろう。部屋の奥の暗がりに眼をうつす。作業台の上に、たたんで保護布をかけたもののかたちが浮かびあがる。〈歌手〉のガウンだ。

キラはだしぬけに気づいた。部屋のドアに鍵をかけられてはいないけれど、わたしはそれほど自由なわけじゃない。キラの生活は、さっき寝る前にしたようなことと、例の仕事に限定されていた。かつて、あざやかな色の糸たちが手のなかでみずからかたちをなしたり、オリジナルの模様を思いついたときに感じたよろこびは、うしなわれつつあった。仕事をつうじてそこに縫いこまれた物語を学んではいたが、あのガウンは自分のものではない。いく日もかけて指でたどり、心血をそそいできたあの歴史を、いまではあとすこしでそらんじることもできそうだった。だがそれとて、彼女の手と心が望んだことではない。

トマスにしても、不平をいわずにいるけれど、長時間仕事をしたあとは頭痛に苦しめられるといっていた。階下のあのちいさな歌手もそうだ。あの人たちが、あたらしいのを、つめこむの。あの子、そういってしくしく泣いてたわ。あの子は、いつもそうしていたように、自分の歌を自由に歌いたいのよ。

キラだっておなじだった。この両手をガウンから解放して、ふたたび指たちが望む模様を生みだせるようにしてやりたい。ふいに、この場所から去ることができたら、という思いがよぎった。快適さを放棄して、むかしの暮らしにもどるのだ。

夜具に顔をうずめる。キラははじめて、絶望で泣いた。

17

「あのね、トマス。わたし、午前中はめいっぱい仕事したわ。あなたもでしょ。いっしょにお散歩しない？　みたいものもあるし」

正午だった。ふたりとも昼食は食べおえていた。

「下へおりて、労働者たちの作業を見物したいんだね？　いっしょに行くよ」トマスは、いま手にとったばかりの工具をわきへおいた。キラは例によって、〈歌手〉の太い杖にほどこされた複雑な仕事を賞賛の思いでみつめた。トマスは、いにしえの彫刻が摩耗してしまった箇所から、ごくわずかな起伏を削って平らにし、そこに極小の突起や曲線を彫りなおしているところだった。その作業は、キラじしんが命じられている仕事、つまり〈歌手〉のガウンの修繕と、とてもよく似ていた。そして杖の最上部にはまったく装飾がない。なにも彫られていない、なめらかな木肌。ガウンもおなじように、両肩にわたる部分は手つかずの生地のままである。キラの作業は、その飾りのない平面に近づきつつあった。キラは気づいた。トマスもそうなんだわ。

「そこにはなにを彫るつもりなの？」未装飾の部分を指しながらたずねた。

「わからない。いずれ教えるっていわれてる」

キラは、トマスが杖をテーブルの上に注意ぶかく横たえるのをみとどけてから話しだした。

「ねえ、建築現場を見物したいのなら、あとでいっしょに行くわ。でも、考えてたのはべつの場所なの。わたしが行きたいほうを先にしてもいい？」

トマスはこころよくうなずいた。「それで、どこへ行くんだい？」

「〈沼地〉よ」キラは告げた。

トマスはけげんな顔になった。「あの不潔な場所へかい？　どうして行きたいの？」

「わたし、行ったことがないの。ジョーが住んでいた土地をみてみたいのよ」

「それに、マットはいまもあそこに住んでるよね」

「そうね、マットもだわ。あの子、どこにいるのかしら？」キラは心配していた。「この二日、姿をみていないわ。あなたは彼に会った？」

トマスは首をふって、笑いながらほのめかした。「ほかに食堂をみつけたのかもしれないよ」

「マットなら、ジョーが住んでいた場所に案内してくれるはずよ。そこへ行けば、ジョーのためになにかもってきてあげることだってできるかも。あの子、おもちゃをもってたかもしれないわ。あなたは、ここへ来たとき、ものをもちこませてもらえた？」

「いいや、もちこめたのは木のきれはしだけ。かれら、ぼくの気が散ることをいやがったからね」

キラはためいきをついた。「あの子はあんなにちいさいんだもの。遊ぶものが必要よ。トマス、あの子にお人形を彫ってあげてくれないかしら？　そしたらわたしは、お人形に着せるちっちゃなドレスを縫ってあげられるわ」

「できると思うよ」トマスはうけあうと、キラに杖を手わたしていった。「行こう。途中でマットにでくわすかもしれない。じゃなきゃ、彼のほうがぼくらをみつけるだろう」

ふたりはそろって〈議事堂〉の建物を出ると、広場を横切り、混雑した通りを進んでいった。織物小屋まで来ると、キラは立ちどまって女たちにあいさつし、マットをみかけなかったかたずねた。

「みちゃいないよ！　いなくてせいせいしてるけどね！」織工のひとりが答えた。「あの役たたずのいたずら坊主ったら！」

「キラ、あんた、いつもどってくんのさ？」べつの女がたずねた。「あんたの手をかりられると助かるんだがね。あんたはいまじゃ、織機をつかえる年なんだしさ！　おっかさんを亡くしちまったんだし、あんただって働かなきゃならないだろ！」

だが、またべつの女が声を立てて笑うと、キラが着ているおろしたての清潔な服を指さしていった。「この子は、もうあたしらのことなんぞ、必要じゃないんだよ！」

ふたたび女たちの織機がカタカタと動きはじめた。キラは小屋をあとにした。

すぐ近くで、妙にききなれた、妙におそろしくもある音がした。低いうなり声だ。キラは、犬が威嚇しているのか、あるいはもっと危険なものだろうかと思いながら、すばやくあたりをみまわした。しかしうなり声は、肉屋のわきにむらがる女たちのあいだからきこえてきた。キラがみているのに気づいた一団はどっと笑った。群れのまんなかにヴァンダラがいた。傷のあるその女がキラに背を向けたとたん、ふたたびあのうなり声がきこえた。ヴァンダラが獣の声をまねていたのだ。キラはうつむいて、無慈悲な哄笑に耳を閉ざし、足をひきずりながら女たちの横を通りすぎた。

肉屋のはるか向こうに、先に行っていたトマスの姿があった。泥遊びをする少年たちのそばにたたずんでいる。

「知んねえよ!」キラが近づいていくと、一団のなかのひとりが話していた。「小銭おくれよ。そしたら、やつ、さがしてやってもいいぜ!」

トマスが説明した。「マットのことをきいてみたんだけど、かれらも姿をみていないそうだ」

「あの子、体をこわしちゃったのかしら?」キラは心配になっていった。「しょっちゅう鼻をたらしてるし。体を洗ってやったりしちゃ、いけなかったのかもしれないわ。あの子は、ああやってほこりまみれでいることに慣れっこだったんですもの」

泥のなかで素足をばたつかせていた少年たちは、ふたりの会話に耳をすませていた。ひとりの子がいった。「マットは、だれより、いっちゃんつええんだぜ！　病気になんざ、なりっこねえよ！」

もっとちいさな子が、手の甲で鼻水をぬぐいながらいった。「マット、かあちゃんに、どなられてた。おいら、きいた。そいで、かあちゃん、ついでに石なげた。マット、それみて笑って、逃げた！」

「いつのこと？」キラは鼻水をたらした男の子にたずねた。

「わかんない。おとついかもしんない」

「そうだよ！」べつの子が口をはさんだ。「おとついだ！　おいらもみたよ。マットが食いもんかっぱらったんで、かあちゃん石なげたんだ！　マットのやつ、旅に出るとかいってたぜ！」

「マットはだいじょうぶだよ、キラ」トマスがキラを元気づけ、ふたりはまた歩きだした。「彼は、たいていのおとなより、自分の身をまもるすべを心得てるもの。おっと――たしか、ここで曲がるはずだよ」

キラはトマスのあとについて、みしらぬ細い小道をくだっていった。この界隈では、ほかの場所よりさらに小屋が密集していた。そのうえ森のへりに近いので、どの小屋も木々に陽をさえぎられ、湿気と腐敗のにおいを発していた。やがて悪臭のする小川のほとりに出た。丸太をわたしただけのすべりやすい橋を越える。トマスはキラがわたるとき、手をとって支えてくれた。不自由な脚では危なそうだったし、下の川はごく浅いとはいえ、流れがよどむほど汚物でいっぱいだったので、キラは落ちたらどうしようとひやひやした。

橋をわたった対岸に、有毒なキョウチクトウのこんもりした茂みがあった。例の、ちびにとって危険きわまりない植物である。その茂みを越えると、〈沼地〉の名で知られる地帯が広がっていた。それはいくつかの点で、キラがかつて故郷と呼んだ土地に似ていた。ひしめきあうちいさな小屋のつらなり。たえまなくひびく赤ん坊の泣き声。くすぶる焚き火の煙、腐りかけの食べもの、そして不潔な人間たちのはなつ悪臭。しかし、ここのほうが、頭上に厚くおおいかぶさる木々と湿気による腐敗、そして一帯をつつむ病気の気配のせいで、もっと暗鬱だった。

「どうしてこんなひどい場所が存在しなくちゃならないの？」キラはトマスにささやいた。「この人たちはなぜ、こんなふうに暮らさなくちゃならないの？」

「しかたがないよ」トマスはまゆをよせて答えた。「むかしからこうだったのさ」

とつぜん、キラの頭にひとつの映像がすべりこんできた。あのガウンだった。ガウンは告げていた。「むかし」の光景を、そして、トマスの言葉が真実ではないことを。かつて——ああ、それはなんて遠いむかしのことだろう——、人びとの生活が幸福と活気にあふれていた時代があった。どうしてそのような時代が、ふたたびおとずれてはいけないのだろう？　キラは、トマスにそのことをいおうとした。

「ねえ、どうかしら、トマス。あなたとわたしは、空白を埋める仕事をになっている人間よね。

ということは、わたしたちの手で、現状を変えられるかもしれないわね」

トマスの眼つきが変わった。疑わしげで、おかしそうな表情をしていた。

「なんの話なの？」彼はわかってくれなかった。たぶん、今後もわかってはもらえないのだろう。

「なんでもないわ」キラは首をふって答えた。

歩いていくにつれて、あたりが不気味に静まりかえった。キラは視線に気づいた。女たちが戸口の暗がりに立って、ふたりをうさんくさそうに注視していた。キラは足をひきずりながら、小道のそここにある、ごみだらけの水たまりをできるだけよけて進んだ。敵意のこもったまなざしを感じた。キラは悟った。この不慣れな、悪意に満ちた土地を、あてもなくうろついてもらちがあかないわ。

「トマス」キラはささやいた。「だれかにきかなくちゃむりだわ」

トマスが立ちどまり、キラもその横で足を止めた。ふたりは所在なく路上に立っていた。

「なにしにきたんだい？」開いた窓のひとつから、しわがれ声が叫んだ。キラは声のしたほうに眼を向けた。緑色のトカゲが一匹、窓枠にからまるツタの葉陰にすべりこむのがみえた。湿った葉がはらはらと舞いおちる向こうに、やつれた顔の女が、腕にちびを抱いて外をながめていた。周囲に男の姿はないようだった。そうか、男の人たちの大部分は荷引き人と穴掘り人で、みんな仕事中なんだわ。キラは、あの武器配布の日、彼らにつかみかかられたことを思いだして、胸をなでおろした。

イバラの下生えを通りぬけてその窓に近づいた。窓ごしに小屋の暗い室内がみえた。ほかにもちびが数人いて、半裸で立ったまま、どんよりとおびえた眼でキラをみつめていた。

「マットという男の子をさがしています」キラは女に向かって、礼儀ただしくたずねた。「どこに住んでいるか、ご存じですか?」

「教えたら、なにくれんだい?」

キラは女の問いにびっくりしながら答えた。「あなたにですか? すみません、なにもさしあげるものがないんです」

「食料、なんももってないのかい?」

「ええ。ごめんなさい」キラは広げた両手をさしだして、手ぶらであることを示した。

「ぼく、りんごを一個、もってます」トマスがそういいながら近づいてきて、おどろいたことにポケットから真っ赤なりんごをとりだした。「ランチのときにとっておいたんだ」彼はキラにささやくと、そのりんごを窓のなかの女にさしだした。

細い腕が窓ごしにつきだされ、果物をひったくった。女はりんごにかじりつくと、部屋の奥へひっこもうとした。

「待ってください!」キラは呼びかけた。「マットが住んでいる小屋の場所を知りたいんです!

教えていただけませんか？」

女はりんごをほおばりながらもどってきた。「もっと先だよ」といったなり、がりがりと音を立てて口中のものをかみくだいた。腕のなかの赤ん坊が、かじりかけのりんごをつかもうとした。女はその手をはらいのけると、首で方角を指しながらいった。「小屋の前に、ギタギタになった木があるよ」

キラはうなずいて、さらに懇願した。「それから、もうひとつお願いがあります。ジョーという名前の女の子のことを、教えていただけませんか？」

女の顔つきが変わった。いわくいいがたい表情が浮かんでいた。やつれた気むずかしい顔が、ほんのつかのま、よろこびでぱっとかがやいたかと思うと、すぐに絶望でおおわれた。

「あの、歌う娘っこだね」女はかすれたささやき声でいった。「つれてかれたよ。やつらにどっかへやられたんだ」

女はいいおわるなり、ふいに背を向け、暗い室内へと消えた。子どもたちが泣きだし、食べものをもとめて女の体にかじりついた。

節くれだった木は死にかけていた。地面につきそうなほど割けた幹は腐っていた。この木もかつては実をつけたのだろうが、いまでは折れた大枝がところどころに枯れ葉をくっつけて、おかしな角度でぶらさがっているばかりだった。

木の背後に建つちいさな小屋もまた、そこなわれ、みすてられているようにみえた。それでも、屋内では人声がしていた。女が乱暴な口調でなにかいった。それに怒った子どもが、悪意に満ちた調子で口汚く答えている。

トマスがドアをノックした。声が小さくなり、やがてドアがわずかに開いた。

「だれだい？」女がぶっきらぼうにきいた。

「ぼくら、マットの友だちです」トマスが答えた。「彼、いますか？　ぶじでしょうか？」

「かあちゃん、だれさ？」奥で子どもたちが叫んだ。

女は無言でふたりをじっとみつめたまま答えようとしない。ついにトマスは室内の子どもたちに呼びかけた。「マットはいるかい？」

女が不審げに眼をぎらつかせてたずねた。「あのガキ、こんどはなにをやらかしたんだい？　あんたら、やつになんの用なのさ？」

「あいつ、逃げっちゃった！　食いもんもぬすんだ！」ひとりのちびが大声でいった。女のわきから、くしゃくしゃの毛の多い頭があらわれた。そのちびはドアを大きく押しひろげた。

キラはがっかりして暗い室内に眼を向けた。テーブルの上には水差しが横倒しになっている。その下にはなにやらどろどろした液体がこぼれ、なかを虫がはっている。戸口に立つちびは、指で鼻をほじりながら、あいているほうの手で体をかいている。母親が咳をして、口中のものを床に吐きだした。

「マットがどこに行ったか、わかりませんか?」キラは、自分がかれらの暮らしぶりにショックをうけていることを悟られまいとしながらたずねた。

女は首をふってまた咳をした。「いなくなってせいせいしてるよ」そういうと、わきにいたちびを奥へ押しやり、ぶあつい木のドアを閉めた。

しばらくして、キラとトマスは小屋を離れた。背後でドアの開く音がした。

「ねえねえ! おいら、あいつどこ行ったか、知ってるよ」ちびの声がいった。その男の子は母親の叱責を無視して、小屋を出てふたりのもとへ歩いてきた。どうみてもマットの兄だった。弟とおなじように、やんちゃそうな瞳をきらきらさせている。

キラとトマスは彼を待った。

「なにくれるぅ?」ちびはまた指で鼻をほじっている。

ためいきがもれた。どうやら〈沼地〉の生活は、物々交換の連続でなりたっているらしい。マットが人心掌握と仲介の達人になったのもうなずける。キラは、なすすべもなくトマスのほうをみてから、少年に釈明した。

「あげるものがなんにもないの」

ちびは値踏みするような眼でキラをみると、彼女の首を指さしながらほのめかした。「そこにさげてる、そいつはだめなん？」キラは胸元の革ひもに手をやった。その先には光沢のある石がさがっている。

「だめよ」ちびにそういうと、ペンダントヘッドをまもるようににぎりしめた。「これは、わたしのお母さんの形見なの。あげられないの」

意外にも、少年はよくわかったとでもいうようにうなずいた。「んじゃ、それは？」彼はそういって、こんどはキラの髪を指した。そういえばキラは今朝、よくそうしているように髪をうしろで束ねた。そのとき、特別な意味のないありふれた革ひもをつかったのだった。いそいで髪をほどくと、その革ひもをさしだした。

ちびは革ひもをひったくって自分のポケットにつっこんだ。納得のいく報酬だったらしい。

「うちのかあちゃん、こっぴどくぶったたいたもんだから、マットのやつ、ひっでえ血ぃ出てさ。そいで、ブランチつれて、旅に出ちまった。〈沼地〉にゃ、もう帰ってこないよ」ちびは告げた。

「マット、ちゃんとめんどうみてくれるダチ、みつけたんだ。ぜってえぶったたいたりしないダチをさ。そいつら、めしも食わせてくれんだぜ」

トマスがふっと笑っていった。「それに、入浴もさせる」しかしちびは、入浴という言葉の意味がわからずに、ただ眼をまるくしていた。

「だけど、それってわたしたちのことよ！」キラはいった。心配だった。「マットのいってた友だちって、わたしたちのことなの！　わたしたちのところへ来ようとしてたのなら、いまどこにいるのかしら？　ここを出発したのは二日前でしょう。それっきり、だれも姿をみていないのよ。〈議事堂〉への道順は知ってるはずだし――」

マットの兄がさえぎった。「マットとブランチ、先にべつのとこ行ったさ。ダチにやるプレゼント、手にいれるんだって。そのダチって、あんたのことかい？　それに、あんたも？」ちびはトマスのほうをみた。

ふたりはうなずいた。

「マット、いってた。プレゼントあげっと、いっちゃん好きになってくれるって」

キラは憤然として息を吐いた。「ちがう、そういうことじゃないの。プレゼントっていうのは――」いいかけて、あきらめた。「いいの、なんでもない。マットの行き先を教えて」

「あんたのために、青をさがしに行ったんだ！」

「青ですって？　どういうこと？」

「知んないよぉ。マットがいってたんだ。あすこにいるやつらが、青をもってるから、あんたにちょっくら、とってきてやんだ、って」

開いた戸口に女がふたたびあらわれて、するどい怒声で呼んだので、ちびは小屋のなかへひっこんだ。トマスとキラは小屋に背を向け、村へとつづくぬかるんだ小道をひきかえしはじめた。家々の戸口にはまだ無言の監視者たちがひそんでいた。あいかわらず、いやなにおいのするじめじめした大気がただよっている。

キラはトマスにささやいた。「わたし、マットがいなくなったとき、ひょっとしてあの子もつれていかれて、わたしたちがみつけることになるのかと思ったの。ジョーみたいに」

「もしつれていかれたんだとしたら、ぼくらには居場所がわかるだろう。ぼくやきみといっしょに、〈議事堂〉の建物のなかで暮らすことになるはずだもの」

キラはうなずいた。「それに、ジョーもいっしょにね。かれらはジョーとおなじように、マットも閉じこめたかもしれないけど。あの子はいやがったでしょうね」

「マットなら、抜けだす方法をみつけるさ」トマスはいった。そして、ネズミの死骸が浮いた水たまりをよけて通ろうとするキラを支えながら、つけくわえた。「とにかくさ、残念だけど、マットは必要とされないと思うよ。かれらは、ぼくらの技能が欲しいだけなんだ。そして、マットにはそれがない」

キラは、あのいたずら好きの少年を思った。彼の寛大さと笑顔を思った。子犬に注ぐ深い情愛を思った。そして、どこにいるかはわからないが、友だちにあげるプレゼントをさがしもとめてさまよっている彼の姿を思いうかべた。

「いいえ、トマス。あの子には技能があるわ。あの子はね、わたしたちをほほえませ、笑わせるすべを知ってるのよ」

このひどい場所には、笑い声の気配も、それがかつてあったことを示すようすがも、みあたらないようだった。キラは、不潔さのなかを進みながら、まわりをまきこまずにはいないマットの愉快そうな笑い声を思いだしていた。同時に、あのちいさな歌手の清らかに澄んだ歌声にも思いをはせた。ふたりの子どもはこの土地で、唯一よろこびをもたらす存在だったにちがいない。ジョーはつれさられてしまった。そのうえマットも姿を消した。

キラは考えた。マットはいったいどこで、子犬のほかに道づれもなく、青をさがしまわったというのかしら。

18

〈集会〉の日が近づいていた。村内のようすで、そのことが手にとるようにわかった。人びとは手がけていた事業を終わらせにかかり、新たな事業は延期するようになった。織物小屋には折りたたんだ生地が積みかさねられているばかりで、織機に新しい糸がかけられることはなかった。

喧噪はふだんよりましになっていた。まるで、みな準備でてんやわんやで、いつもの口げんかで時間をむだにしたくないと思っているかのようだった。

なかには体を清める人たちもいた。

トマスは部屋にこもって、〈歌手〉の杖をくりかえし念入りにみがいていた。つや出し用のどろりとした油をやわらかい布にふくませ、木肌にすりこんでいく。するとなめらかな黄金色の木肌がかがやきを帯びはじめ、ふくよかな香りをはなった。

マットはもどってきていなかった。姿を消してもう何日もたっていた。キラは夜、眠りにつく前に例の布きれを手にした。これまでいくども不安をやわらげ、疑問に答えてくれたことすらあったあの布をてのひらに包みこんで、マットのことに意識を集中した。少年の笑う姿を思いえがき、居場所と安否が感知できないものかと心のなかをまさぐった。すると布きれは、安心と慰安の感覚を伝えてきた。しかし、問いへの答えはなかった。

日中、ときおりあの幼い歌手、ジョーの声がきこえてきた。泣き声はやんでいて、たいていは同じ楽句をなんどもくりかえす歌声だった。ただし、自分の歌を一瞬だけ許されたとでもいうように、感きわまった声が高らかに旋律を歌いあげることがあった。キラはそのたびに畏敬の念をいだいて息をのんだ。

夜になるとトマスお手製の鍵を手に、しのび足で階段をおり、ちびの部屋をたずねた。ジョーは、もう母親に会いたいとはいわなくなっていたが、暗い部屋のなかでキラにしがみついて離れなかった。ふたりはみじかい物語や笑い話を小声でささやきあった。キラはジョーの髪をとかしてやった。

「あたし、ひつようなときは、ブラシでゴツン、していいんだよね？」ジョーは天井をみあげてキラに念押しした。

「そうよ。そしたらわたしたち、ここへ来るわ」キラはジョーのやわらかな頬をなでながら答えた。

「歌、うたったげようか？」ジョーがたずねる。

「そのうちね。でもいまはだめ。夜、音を立てちゃいけないの。わたしがここへ来てることは、だれにもないしょよ」

「あたし、歌、かんがえてるの。いつか、おねえちゃんのために、すっごいおっきな声でうたったげるんだ」

「わかったわ」キラは笑った。

「〈集会〉、もうすぐね」ジョーはものものしげにいった。

「ええ、そうね」

「あたし、いちばん前の席なんだって」

「よかったじゃない！　それなら、なにもかもみえるわよ。きれいな〈歌手〉のガウンもね。わたし、あのガウンをなおすお仕事をしてるのよ」キラはジョーに告げた。「色がとってもきれいなの」

するとちびがうちあけた。「あたし、〈歌手〉なったら、またじぶんの歌、つくれるんだ。古いのを、ちゃんとおぼえたらね」


部屋をおとずれたジャミソンに、キラはガウンの修繕が完了したことを告げた。彼はみるからにキラの仕事に満足していた。ふたりでテーブルの上にガウンを広げて、裏返したり、ひだや袖口の折り返しを開いたりしながら、複雑な刺しゅうとそれが描きだす光景をチェックした。

「よくやってくれたね、キラ。とくにここはすばらしい」

ジャミソンはそういって、ガウンのある場所を指さした。それはキラとしても苦労した箇所だった。刺しゅうの絵はどれもごくちいさいのに、描写がいりくんでいた。複数のグレーの色調で描かれた巨大な建物はみな倒壊していて、背景には爆発の炎が燃えさかっている。キラは、異なる色あいのオレンジと赤を組みあわせて炎を表現し、煙や建物を描きわけるためにいくつもの色調のグレーをつくりだした。しかし、じっさいに糸で光景を描くのはむずかしかった。それらの建物がなんなのか、理解していなかったからだ。こんなものはみたことがなかった。生活と仕事の場である〈議事堂〉は、キラの知る唯一の大きな建造物だったが、それでも絵のなかの建物にくらべればちいさかった。ガウンに描かれた建物群は、倒壊する以前には、空に向けておどろくべき高さで屹立していたらしかった。キラが眼にしたことのあるどんな木よりも、ずっとずっと高く。

「いちばんむずかしかったところです」キラはジャミソンにいった。

「すごくこみいっているんです。たぶんわたしが、建物のことをもっとよく知っていたら、この建物たちになにがおきたのかを知っていたら——」

そしてはずかしくなってうちあけた。「毎年、〈崩壊の歌〉を、もっと注意ぶかくきけばよかったです。あの歌がはじまると、いつもわくわくしました。でも、そのうちにちょっと気が散って、けっきょくはいつも、しっかりきいていなかったんです」

「きみはちいさかったんだよ」ジャミソンがいった。「それにあの〈歌〉は、それはそれは長いからね。すべてのパートをきちんときいている者などいないさ。とりわけちびの場合はそうだよ」

「今年はちゃんとききます！」キラは宣言した。「今年は、とくに注意してきくつもりです。だってわたしは、歌われる光景をよく理解しているんですもの。ここの、建物が倒れる場面は、とくにしっかりききたいと思っています」

ジャミソンは眼を閉じた。くちびるが音もなく動いている。鼻歌がきこえだした。〈崩壊の歌〉に出てくるリフレインのメロディーだった。やがて彼は声に出して歌詞をとなえはじめた。

燃やせ、罰せられし世界を
苛烈なるかまどの炎
汚穢《おえ》の炎熱地獄――

そこでジャミソンは眼を開けた。「たしかこのパートだったたね。つづきがあって、このあとは――つぎの歌詞が出てこないが……しかし、建物が倒壊するシーンはこのパートだったと思う。いやあ、わたしはきみよりもずっと長いあいだ、毎年〈歌〉をきいてきたはずなのにね」

「〈歌手〉が、どうやってあの歌詞をぜんぶおぼえるのか、想像もつきません」キラはいった。ふと、ジャミソンに、階下に監禁されている子どもについてたずねてみようかと思った。この長々しい〈歌〉を強制的におぼえさせられている未来の〈歌手〉。しかし、ためらううちにタイミングを逃した。

「そりゃあ、彼には杖という道しるべがあるからね」ジャミソンがいった。

「それに、彼はずいぶんむかし、ほんの幼いちびのころから暗記をはじめたんだ。そのうえ、つねにけいこを積んでいる。きみが彼のガウンを用意しているあいだ、彼のほうは今年の〈歌〉にそなえていた。もちろん、歌詞そのものはおなじなんだが、彼は年ごとに特定のパートを強調して歌うことにしているんだと思う。一年をつうじて研究をかさねて、そのパートをどのように歌うか考え、くりかえしけいこするのさ」

「どこでですか?」

「この建物のべつの区画に、特別に部屋をあたえられているんだよ」

「〈歌〉を披露するとき以外に、彼の姿をみかけたことがありませんわ」

「それはそうだ。彼は離れて暮らしているからね」

ふたりはふたたびガウンに向きなおり、万にひとつもキラの作業に漏れがないか、各セクションをよくチェックした。世話人がお茶を運んできたところで、ふたりはならんですわり、ガウンとそこにこめられた物語について話しあった。ガウンが語る歴史。〈崩壊〉以前の時代。ジャミソンはまた眼を閉じて、歌詞をそらんじた。

なにもかも潰《つい》えた
ボゴ・タバル*
ティモール・トロン
トトーもいまは去りぬ……

＊以下、すべて架空の都市名。アメリカ大陸の実在の都市名であるボゴタ、ボルチモア、トロント（Bogota, Baltimore, Toronto）をつなげてもじったものか。

その一節にはおぼえがあった。意味はわかっていなかったが、好きなフレーズのひとつだった。ちびのころ、はてしなくつづく〈歌〉にたびたびうんざりしたが、韻が出てくると退屈がまぎれたものだった。「ボゴ・タバル、ティモール・トロン」と、心のなかで唱和してみることもあった。

「この部分は、どういう意味なんですか？」キラはジャミソンにたずねてみた。

「たしか、滅びた都市の名前をあげているんだったと思うよ」

「どんなようすのまちだったんでしょうね。ティモール・トロン。わたし、この音が好きです」

「それもきみの仕事の一部なんだよ。きみは糸をつかって、それらのまちがどんなようすをしていたのか、われわれに思いださせるのだから」

キラはうなずいて、ふたたびガウンの表面をなでた。崩れおちる悲劇の都市と、点在する淡緑色の草地があった。

ジャミソンはテーブルにティーカップをおくと、窓ぎわへ行って下をみおろした。「労働者たちの作業も完了した。〈集会〉と今年の〈歌〉が終われば、きみはガウン用の新たな糸の染色にとりかかることができるね」

キラは落胆して顔をあげた。ちょっとした冗談のつもりであってほしいと願ってジャミソンの表情をうかがった。だがその顔つきはいたってまじめだった。この仕事をやりとげたあかつきには、自分じしんの計画に着手できるかもしれないと思っていた。心に浮かぶ凝った図案のあれこれを、刺しゅうでかたちにしてみたい。キラの指はときおり、そうした糸の絵をつむぎだしたくてふるえることがあった。

「〈歌〉の最中に、ガウンがいたんで、また修繕しなければならなくなることって、あるんですか？」

キラは、その考えがひどく苦痛であることを、つとめて顔に出さないようにしながらきいてみた。ジャミソンをよろこばせたかった。彼はずっとキラの保護者でいてくれたのだから。だが、いつまでもそうする気はなかった。

「いやいや、それはないよ」ジャミソンはなだめ声でいった。「きみのお母さんはずっと、毎年すこしずつ修繕をつづけてくれていた。それに、いままではきみも、修復が必要な箇所をとてもうまく処理できるようになった。おそらく、今年の〈歌〉が終わったあとは、あちこちほころびたところをちょっと繕うぐらいですむと思うよ」

「そのあとは――？」キラは当惑してたずねた。

ジャミソンはガウンに手をのばすと、両肩に広がる未装飾の空白部分を指した。

「ここに、われわれの未来が眠っている。そしてきみにはいよいよ、指と糸をつかって、未来の物語をわれわれに語ってもらうことになるんだ」彼はそう告げると、興奮した眼で射るようにキラをみた。

キラはショックを隠そうとつとめた。そしてつぶやいた。「もう、ですか？」

たしかにジャミソンは以前、この途方もない仕事のことを口にしてはいた。だが、それは自分がもっと成長してから――つまり、もっと腕をあげて、さらにはもっと多くの知恵を身につけてから――のことだと思っていたのである。

「われわれはすでに、きみにじゅうぶん時間をあたえたはずだ」ジャミソンはそういうと、拒めるものなら拒んでみろとでもいいたげに、キラをみすえた。

19

はじまりは早朝だった。明け方、建物の裏手に位置するキラの部屋にまで、人びとが参集しだす物音がきこえてきた。キラはすばやく身じたくをすませ、ブラシで髪をとかすと、廊下をはさんだトマスの部屋へいそいだ。窓の下をのぞくと、おおぜいの人びとが続々とあつまってきているのがみわたせた。

群衆は、狩りの日とはうってかわって静かだった。ふだんは手におえないちいさなちびたちでさえ、母親の腕にしがみついておとなしく待っていた。夜明けにキラの眼をさまさせたのも、叫び声や押しあいの音ではなく、黙々と細い路地を進み、入場待ちの群れにつぎつぎに合流する人びとの足音だった。〈沼地〉につづく小道からも、住民たちがちびの手をしっかりにぎって引率しながら、静かに、おちついた歩調であつまってきた。その反対の、かつてキラと母が暮らした地区の方角からやってくる顔ぶれは、みおぼえのある昔の隣人たちだ。妻を亡くした母の兄の姿もみえる。息子のダンをひきつれている。だが幼い娘のマーはいない。よその家にもらわれていったのかもしれない。

ふだんの日なら、家族はてんでに離れてすごす。ちびたちは親の眼の届かないところではねまわり、親は親で仕事にいそがしい。しかし今日は、夫は妻と子をともない、一家がそろっている。みなおごそかな、期待に満ちた顔つきをしていた。

「杖はどうしたの？」キラは室内をみまわしてトマスにたずねた。

「きのう、かれらがもっていったよ」

キラはうなずく。かれらはきのう、キラの部屋にもやってきて、ガウンをもちさっていた。仕事にはすっかり疲れきっていたけれども、あれがなくなってみると、部屋がちぢんだように思われた。

「下へおりたほうがいいかしら？」キラは、人混みにくわわるのは気が進まなかったものの、きいてみた。

「いや、むかえがくるそうだよ。朝食を運んできた世話人からきいたんだ」

トマスは答えるなり、窓の外を指さして叫んだ。「みて！　あそこ、裏の通り。ほら、織物小屋のまん前に立ってる木の横。あそこにいるの、マットのお母さんじゃないか？」

キラはトマスの指の先を眼で追った。そこにはたしかに、あの日、不潔な小屋のなかからふたりを疑わしげにみつめていた、やつれた女がいた。今日はこざっぱりと身ぎれいにしている。かたわらでその手をにぎっているのは、マットにとてもよく似たあのちびだ。ふたりは家族然として立ち、入場を待っている。しかし、二ばんめの子はいない。マットがいない。キラの心に、なにかがうしなわれた深いかなしみが一気に押しよせた。

おびただしい数の顔をみおろしていると、そこここにすこしずつ、知人の姿がみつかった。織工の女たちは、今日はそれぞればらばらで、夫や子どもたちといっしょにいる。肉屋の主人はいつになく清潔な身なりをして、大柄な妻と、背の高いふたりの息子をつれている。村の全住民が一堂に会しつつあった。遅れたほんの数人だけが、まだ路地をいそいでいる。

一瞬、群れがどっと動いた。みると、人びとがすり足で前進していた。群衆は、丸太を浮かべた川の水が岸にうちよせるさまにも似て、さざ波のように進んだ。

「入口が開いたんだね」トマスが、もっとよくみようと身をのりだしながらいった。

ふたりは、村の全住民が、ひとり、またひとりと建物のなかへ入っていくのをみまもった。ついに、広場がほとんどからっぽになった――やがて、こんどは建物の階下から、低いざわめきとすり足の音がきこえてきた。トマスの部屋の戸口に世話人があらわれ、手まねきをして告げた。

「時間ですよ」

ジャミソンをさがしていたあの日の午後、扉のすきまから一瞬のぞきこんだのをべつにすれば、キラは数か月前の裁判以来、〈議事堂〉のホールの内部をみるのははじめてだった。あの日は事情がすっかりちがっていた。キラは、おなかをすかせて、ひとりぼっちで、生命の危険におびえながら、とてつもなく広いこの部屋に入った。そして脚をひきずりながら、中央の通路を歩いていったのだった。

杖にたよっているのはあの日とおなじだけれど、いまでは身ぎれいで、健康で、なにもおそれていない。今日、キラとトマスは正面舞台に近い通用口に案内された。ホールに入ると、村じゅうの人びとがこちらを注視している顔がみわたせた。

世話人が、舞台真下の左側に設置された席につくよう指示した。観衆のほうを向いて木製のいすが三つならんでいる。右手をみると、もっとたくさんのいすがならんでいて、すでに〈守護者評議会〉のメンバーたちが着席していた。ジャミソンもそのなかにいた。

キラはとっさにしきたりを思いだし、舞台上の〈崇拝対象〉に向かっておじぎをした。それからトマスのあとについていき、そろっていすに着席した。観衆のあいだにざわめきが走った。キラは、きまり悪さで顔が赤らむのを感じた。特別視されるのは苦手だった。こんな最前列の席にすわりたくなかった。数日前、織工のひとりが発したあざけり声を思いだした。「この子は、もうあたしらのことなんぞ、必要じゃないんだよ！」彼女はそう叫んだ。

ちがうわ。わたしには、あなたたちみんなが必要よ。わたしたちは、おたがいを必要としてるのよ。

満場の観衆をみつめるキラの脳裏に、過去いくども母とともに律儀に参加してきた〈集会〉の記憶がよみがえった。母子はいつもうしろのほうにすわっていたから、キラはなにもみえず、きこえなかった。退屈しきってそわそわしながら、ひたすら行事が終わるのを待った。〈歌手〉をひと眼みようと、いすの上にひざをついて、観衆の肩のすきまから眼をこらすこともあった。母はいつも行事に集中していて、席で身もだえするキラをやさしく制止した。だが〈集会〉と〈歌〉は、ちびにとってはいかにも長くて難解だった。

観衆はかしこまりながらも、席上で身じろぎしたりささやきあったりしていたが、キラとトマスが入場して着席するなり、ぴたりと静かになった。全員がじっと待っていた。ついに沈黙を破って、反対側の席から四音節の最高守護者が起立した。裁判の日以来、彼をみるのははじめてだった。キラはいまだに彼の名前を思いだせずにいた（「バーソロミュー」だったかしら?）。最高守護者は舞台前まで進みでると、開会の式次第にとりかかった。

「〈集会〉を開始いたします」

開会宣言につづいて彼は舞台上を指ししめし、一礼しながらいった。「われらの祈りを、〈崇拝対象〉にささげます」

全観衆が、十字形に組まれたちいさな木の物体に向かってうやうやしく頭をさげた。

「つぎに、〈守護者評議会〉のみなさんをご紹介いたします」最高守護者はそう告げると、ジャミソンをふくむ男たちの列に向かってうなずきかけた。男たちはいっせいに起立した。緊張のあまり、キラは一瞬、ここで観衆が拍手しなければならないのかどうか思いだせなかった。だが、会場は沈黙に包まれ、人びとはだまりこくっていた。ただ、いく人かは〈守護者評議会〉に敬意を表して、頭をさげたようだった。

「本日ここに、未来の〈彫刻家〉をはじめてご紹介いたします」最高守護者は、所在なげにしているトマスのほうに手を指しむけた。

「立って」直感的にそれが適切な行為だと悟ったキラは、小声でそうささやいた。トマスはぎこちなく立ちあがり、もじもじと重心を動かした。観衆はふたたび敬意をもって頭をさげた。トマスはそれで腰をおろした。


キラは、つぎは自分の番だとわかっていたので、いすに立てかけておいた杖に手をのばした。

「つづいて、〈ガウンの糸つかい〉、すなわち未来のデザイナーを、はじめてご紹介いたします」

キラはできるだけ背すじをのばして立った。人びとの会釈に返礼してから、ふたたび着席した。

「そして、ここにはじめて、未来の〈歌手〉をご紹介いたします。いずれ、あのガウンを身につける者です」

開いた通用口に村人たちの視線がいっせいに向けられた。ふたりの世話人が、空いたいすをめがけてジョーを押しだした。新品だが飾りのない簡素なドレスに身を包んだちびは、どうしてよいやらわからず、きょとんとしていた。だが、その眼がキラの眼をとらえた。キラはほほえみながら手まねきした。ジョーはにっこり笑い、キラのとなりの席にかけよった。

「まだすわっちゃだめよ」キラはささやいた。「立ったままみんなの顔をみるの。自信をもって」

はにかみ笑いを浮かべ、片方の足首にもういっぽうの足の先をこすりつけながら、未来の〈歌手〉は立ったまま観衆に向かいあった。はじめはためらいがちだったそのほほえみが、みるまに自信に満ちた、しかも周囲に影響をあたえるものに変わった。キラは、人びとがほほえみかえすのをみた。

「もうすわっていいわよ」キラは小声でいった。

「まって」ジョーがささやきかえした。そして片手をあげると、観衆に向かって指をこきざみに動かした。大観衆のあいだに、あたたかい笑いの渦が広がった。

それからジョーは人びとに背を向けて、まずいすの上にひざでよじのぼり、そのちいさな体を席におさめた。「みんなに、ちょこっと、おてて ふったの」女の子はキラにそううちあけた。

「最後に、われらの〈歌手〉をご紹介いたします。あのガウンを身にまとっての登場です」人びとが静まるのを待って、最高守護者が告げた。

華麗なガウンに身を包み、右手に木彫りの杖をもった〈歌手〉が、キラたちが入ってきたのとは反対側の通用口から姿をあらわした。観衆は一様に息をのんだ。もちろん人びとは、毎年、彼の姿とガウンを眼にしてはいた。だが今年は、キラがいにしえの刺しゅうにほどこした仕事によって、いつもとはちがっていた。〈歌手〉が舞台に向かって移動するにつれて、ガウンのひだがひらめき、かがり火の明かりをうけてきらきらとかがやいた。糸で描かれた光景のなかの色彩が、それぞれ妙なる陰影を秘めて照りはえている。黄金色からレモン色へ、さらにまばゆいオレンジへと深まる黄色のグラデーション。もっとも淡いピンクから、もっとも濃い深紅へと溶けてゆく赤。あらゆる色価の緑。それぞれの糸が複雑な模様を織りなし、世界とその〈崩壊〉の歴史を物語っていた。〈歌手〉が舞台にあがるみじかい階段をのぼるために身をひるがえすと、その背中から肩を広くおおう空白の部分がみえた。わたしは、あの空白を埋めるためにえらばれた。そこに未来の物語を描くためにえらびだされたのだ。

「なんの音だろう?」トマスがつぶやいた。

キラは、あのガウンについて完全に理解し、その意味するところをすっかり悟ったことで、気持ちが動転していた。だがいまや、彼女もその音に気づいた。それは断続的なにぶい金属音で、低くジャラ、ジャラ、ジャラと鳴っていた。いまはきこえない。あ、またきこえた。床をジャラッとこするみたいな音。

「わからないわ」キラはささやきかえした。

〈歌手〉は舞台中央で身をひるがえし、〈崇拝対象〉にかるく一礼すると、観衆に向きなおった。杖をお守りのようににぎっているものの、まだそのみちびきは必要としていなかった。その顔は冷然として無表情だった。やがて彼は眼を閉じて、深呼吸をはじめた。

不可解な音は消えていた。耳をすませてみたが、もう低い擦過音はきこえない。キラはトマスの顔をみて肩をすくめ、ふたたび身を入れてきいった。ジョーのほうをちらっとみると、その眼は〈歌手〉とおなじように閉じられ、くちびるが最初の歌詞を、声に出さずにかたちづくっていた。

〈歌手〉が片腕をあげた。ガウンにかんする知識から、キラにはそれが、世界のはじまりの光景が描かれた袖の部分をみせる動作だとわかった。陸地と海が分かれ、魚類と鳥類が出現する場面が、左の袖口まわりにほどこされたごく微細な刺しゅうによって、あまねく描きだされていた。いまその部分は、〈歌手〉の頭上高く、さしのべられた腕の先端にある。観衆が、今年最初に披露されたガウンを、畏敬のこもった賞賛のまなざしでみつめているのが感じられた。キラは、自分がなしとげた仕事を誇りに思った。

〈歌手〉が、力強く声量豊かなバリトンを発した。とはいえ、まだメロディーにはなっていない。〈歌〉は詠唱ではじまり、しだいに旋律をともなっていくことをキラは思いだした。まずはゆったりとした叙情的なフレーズが音量を増していき、そのあとをより辛辣なフレーズが、躍動する速いリズムで追いかける。しかしすべては、世界の歴史がそうだったように、ゆっくりとあらわれてくるのだった。〈歌〉は、はるかな世紀をさかのぼる世界のはじまりの物語で幕を開けた。

「はじめに……」

20

トマスがひじでキラをつつき、横をみてみろと首で合図した。キラはジョーを一瞥してほほえんだ。ちいさな女の子は、最初のうちはとても熱心で、しきりに体を動かしていたが、いまは大きないすのなかで、ぐっすり眠りこんでいた。

昼近くだった。〈歌〉はすでに数時間つづいていた。たぶん、この巨大なホールのなかにいるちびたちの多くは、ジョーとおなじようにうたた寝をしていることだろう。

キラは、自分が退屈しておらず、眠気ももよおさないことにおどろいていた。そもそも、〈歌〉はキラにとって、模様をつけたひだをつうじてたどるひとつの旅でもあった。〈歌手〉が歌にあわせてガウンのパーツをもちあげるたび、キラはそこに描かれた光景と、それにとりくんだ日々を思いおこした。ぴったりの色調をもとめて、アナベラの糸のコレクションをひっかきまわしたっけ。あいかわらず〈歌〉に耳をすませてはいたものの、キラの心はときおり、行く手にたちふさがる職務をめぐってさまよった。いまや、老染色師の糸はほとんど底をついた——そして彼女じしんも去ってしまった。気づけばキラは、独力で染料のことをおぼえていられるように、そして新たな染料をつくりだすことができるようにと、一心に祈っていた。トマスは自分が書いたメモをつかって、キラになんどもなんども復習をさせていた。

まだだれにも、トマスにさえ話していなかったことだが、キラは最近、多くの単語を読めるようになっていた。これには自分でもおどろいた。ある日、紙の上におかれたトマスの指を眼で追っているうちに、アキノキリンソウ（**goldenrod**）とヒトツバエニシダ（**greenweed**）が、輪っかが上下にふたつ重なったおなじかたちの記号ではじまることに気づいた。そのうえこのふたつの語は末尾もおなじで、小枝のような直線の左に輪っかがくっついた記号で終わっていた。ある音に対応した記号をひとつひとつみわけていくのは、パズル遊びに似ていた。禁じられた遊びにはちがいなかった。しかし、トマスがみていないとき、キラはいつのまにかこのパズルに頭をひねっていることがよくあった。やがてパズルのピースたちが、しだいに自分の役割をキラに語りだした。

〈歌手〉はいま、平穏な時代を歌うパートに入りつつあった。くりかえされる崩壊と再生の物語にたがわず、その前は氷に閉ざされた天変地異の時代だった——村を飲みこんだ氷河は、一面の白とグレーであらわされていた。生地の質感を消し、むしろ不気味にぎらつくのっぺりした触感をかもしだすために、細かな縫い目の集合体で表現されていた。キラはめったに氷をみたことがなかった。凍てつく冬の時期、ごくまれに村にみぞれがふって、木の枝が折れたり、川岸の水が凍っているのをみるくらいだった。しかし、あの部分を作業していたときにいだいた、恐怖と破壊の感覚はおぼえていた。氷害の危機をのりこえ、ふたたび緑が広がり、おだやかで実り豊かな時期がおとずれたときは、うれしくなったものだ。

〈歌手〉の歌唱が、緑の時代へとなめらかに移行した。心をやわらげるうつくしい旋律が広がる。おどすようなとげとげしい声でかなでられていた破壊的な極寒の時代が終わり、安堵感が満ちていた。

トマスがまた身をのりだして、ひじでキラをつついた。ジョーのほうに眼をやったが、ちびは身じろぎひとつしていない。「あそこ、右の通路の先」トマスがささやいた。

彼のいう方角をみたが、なにもない。

「しばらくみてて」トマスがまた小声でいった。

〈歌手〉の歌はつづいていた。キラは右手の通路をみまもった。それはとつぜん視界に入ってきた。なにかが、しのび足でゆっくりと動いている。ときどき止まって動かなくなったかと思うと、またのそのそとはっていく。

観衆の頭で視界がさえぎられていた。キラは体をすこしだけ右にかたむけて、人びとの顔のすきまに眼をこらした。〈守護者評議会〉の面々に、行事の進行をさまたげる事態が発生しつつあると悟られないようにしなければ。かれらの座席に眼を走らせる。しかし、男たちはみなステージ上の〈歌手〉にみいっていた。

暗がりでふたたびなにかが動いた。いまやキラには、それが人間であることがわかった。小柄な人間が、えものを追う獣のように四つんばいで歩いていた。通路に近い位置にすわっている人びとが、眼は舞台に向けたまま、じつは気づきはじめているのもみてとれた。ごくちいさな動揺がおこった。わずかにまわる肩、さっと走る視線、そして驚愕の表情。小柄な人間はまた前進をはじめ、最前列の座席にそろそろと近づいていた。

キラの座席は、舞台に背を向け、観衆に対面するかたちで設置されていたので、近づいてくるにつれて、姿勢を変えなくてもその姿が目視できるようになった。侵入者がとうとう、最前列のはじにたどりついた。彼はそこではうのをやめ、うずくまった。そして前方の舞台を――というより、キラと、ジョーと、トマスがいるあたりを――みあげて、にやっと笑った。キラの胸が高鳴った。

マットだわ！　あえて声には出さなかったが、くちびるがその言葉を無音でかたちづくっていた。

マットが指をちょこちょこと動かして合図した。

〈歌手〉の手が、杖の上部をすこしずつたぐりよせていた。彼はもとめる位置をさがしあてると、ふたたび歌をつづけた。

マットはにっこり笑った。キラになにかみせたいらしく、片方のてのひらを広げている。だが、うす暗い照明のもとでは、彼がなにをもっているのかわからなかった。そこでマットは、親指とほかの指のあいだにそれをはさみ、腕をあげてだいじそうにかかげた。キラはちいさく首をふって、識別できないという合図をおくった。やがて、つかのまでも気が散ったことにうしろめたくなったキラは、舞台に向きなおり、ふたたび〈歌手〉に意識を集中しはじめた。もうすぐ昼食のための休憩時間に入るはずだわ。休憩になったら、なんとしてもあの子をつかまえる。そしてそれがなんであろうと、あの子がもちかえってくれたものをよくしらべて、すごいわっていってあげるの。

キラは〈歌手〉の声にききいった。おだやかなメロディーが、豊かな収穫とそれを祝う宴のさまを歌いあげている。〈歌〉のこのパートは、キラじしんの現在の気持ちにぴったり合っていた。マットがぶじに帰ってきたいま、キラはそれまでいだいたことのない、かぎりない安寧と歓喜の感覚を味わっていた。

キラがつぎにふりかえったときには、すでに通路に人影はなかった。マットは入ってきたときとおなじように、こっそりと立ち去っていた。

「ちいさな〈歌手〉さんが、トマスとわたしといっしょにランチを食べてもかまいませんか？」

〈集会〉は、正午にいったん中断された。食事と休息のためにかなり長い休憩時間がもうけられていた。世話人は思案のすえに、キラの提案に同意した。キラとトマスはジョーをつれて、入場したのとおなじ通用口から退出した。三人ともあくびをしいしい、階段をのぼってキラの部屋に入り、食事が運ばれてくるのを待った。外の広場では、人びとが持参したランチを食べながら、〈歌〉について話しあっていることだろう。だれもが、対立と戦いと死の時代を描くつぎのパートを待ちかまえていることだろう。キラは、深紅の糸で飛びちる鮮血を描いた自分の作業を思いだした。しかし、その光景を頭からはらいのけた。

トマスとジョーがトレイ上のたっぷりした昼食を食べはじめたころ、キラはいそいで廊下をわたり、トマスの部屋へ向かっていた。窓から人混みをみわたして、汚れた顔の少年としっぽの曲がった犬をさがすためだった。

しかし、窓ごしの捜索は不要だった。トマスの部屋では、少年と犬がキラを待っていた。

「マット!」キラは叫んだ。杖をほうりだしてベッドに腰かけるや、少年を抱きしめた。足もとではブランチが飛びはね、湿った鼻と舌をキラのくるぶしにしきりにこすりつけた。

「おいら、えっれえなげえこと、旅に出てたんさ」マットは得意げにいった。

キラは鼻をひくつかせてほほえんだ。「あなた、出かけてるあいだ、いちども体を洗わなかったわね」

「洗うひまなんぞ、ありゃしねえよ」マットは一笑に付した。そして興奮で眼をかがやかせながら、いきおいこんでいった。「おいら、キラにやるプレゼント、もってきたさ」

「さっき、なにをもちあげていたの？　わたし、みえなかったのよ」

「ふたっつ、あんだ。でっけえのと、ちっせえの。でっけえのは、まだ来てねんだ。けど、ちっせえのは、ポケット入れてもってきたよ」彼はそういって片手をポケットの奥につっこむと、ひとにぎりの木の実とバッタの死骸をとりだした。

「うんにゃ、ちがった。もいっこのほうだ」少年はバッタを、ブランチにやるため床においた。犬はそれをくわえると、ばりばりと嚙みくだいた。キラはその音にふるえあがった。いっしょに落ちた木の実がベッドの下にころがっていった。マットはこんどは反対側のポケットに手をつっこみ、得意そうになにかをひっぱりだした。

「ほれ、もらってくんろ！」少年が手をさしだした。

キラは好奇心にかられて、折りたたまれたものをうけとった。表面についた枯れ葉のかけらと泥をはらいおとす。よろこびと誇りを満面に浮かべたマットにみまもられながら、それを広げて窓ごしの陽光にかかげてみた。汚れてしわくちゃになった、一枚の四角い布だった。それ以上でも以下でもない。それでもなお、かけがえのないものだった。

「マット！」キラは畏敬の思いにかられてひそひそ声になっていた。「あなた、青をみつけたのね！」

マットは顔をかがやかせた。「あん人のいってたとおり、あすこにあったんさ」

「どこ？　あの人って、だれ？」

「あん人だよぉ。色つくってた、あのばあちゃんさ。ばあちゃん、いってたろ。あすこにゃ、青があるって」少年は歯がゆそうに身をくねらせた。

「アナベラのことね？　ええ、おぼえてるわ。彼女はたしかにそういってたわ」キラは布をテーブルの上に広げてしわをのばし、つぶさにしらべた。濃い青の色が、むらなくあざやかに出ていた。空の色、そして平和の色だ。

「だけどマット、あなた、どうして場所がわかったの？　どうやってそこに行ったの？」

マットはにっと笑って肩をすくめた。「おいら、ばあちゃんが指さしたとこ、おぼえてた。それ、たどってっただけさ。行ったら小道、あった。けど、ひってえ遠かったよ」

「それに危険じゃないの！　森を抜けて行くなんて！」

「森にゃ、こええもんなんざ、いねえよ」

獣なんざ、いないよ。アナベラはかつてそういった。

「おいらとブランチ、なん日もなん日も歩いたさ。ブランチのやつぁ、虫食ってた。んで、おいらは、くすねた食いもん、ちっとばかしもってたから――」

「くすねたって、お母さんからでしょ」

マットはうしろめたそうな顔でうなずいた。「けどさ、たんなかったよ。ぜんぶ食っちゃってからは、木の実ばっかし」

少年はさらに自慢げにつけくわえた。「ま、おいら、ほかになけりゃ、虫だって食えたけどな」

キラはあいかわらずてのひらのなかで布のしわをのばしながら、マットの話をうわの空できいていた。どれほどこの色にあこがれたことだろう。いまそれが、この手のなかにあるのだ。

「んで、その場所ついたらさ、そこの人たちが、食いもん、くれたんだ。食いもんがいっぱいあんだ」

「でも、おふろはなかったのね」キラは少年をからかった。

マットはもったいぶって泥だらけのひざをかくと、キラの言葉を無視してつづけた。「そん人ら、おいら来たのみて、ひっでえびっくらこいてた。けど、たらふく食わしてくれた。ブランチにもさ。みんな、ブランチのやつ好きんなったさ」

キラは自分の足もとで眠ってしまった子犬をみおろした。サンダルのつま先でその体をやさしくつつく。「それはそうでしょ。ブランチを好きにならない人なんていないわ。ねえマット、ところで――」

「うん?」

「その、青をもってる人たちって、いったいだれなの？」

マットはやせた肩をあげると、知るもんかといわんばかりにひたいにしわをよせた。

「知んねえ。そこの人ら、みんな、ぶっこわれてんだ。けど、食いもんはいっぱいある。んで、あんましゃべんなくて、しんせつなんだ」

「ぶっこわれてるって、どういうこと？」

マットはキラのねじれた脚を指さした。「キラみたいにだよ。うまいこと歩けねえ人も、いた。ほかんとこがぶっこわれてる人もいた。全員じゃねんだけど、おおぜいがそう。ぶっこわれてっから、あんましゃべんなくて、しんせつなんかな？」

少年の説明に困惑したキラは、なにも答えなかった。痛みがあなたを強くする。母はキラにそう教えた。けれど、無口になるとか親切になるとはいわなかった。

「とにかくさあ」マットがつづける。「そん人らが、青もってんだ。ぜってえ、まちがいねんだ」

「ぜったい、まちがいないのね」キラはくりかえした。

「なあ、こんで、おいらのこと、いっちゃん好きだな？」マットはにこにこしながらいった。キラは笑って、マットがだれより好きよ、と答えた。

少年はキラのそばを離れて窓ぎわへ行った。つま先立ちで下をのぞきこんでから、顔をあげて通りをみつめている。外はまだ人でごったがえしていたが、彼は群衆のかなたに、なにかべつのものをさがしているようだった。やがてまゆをひそめてキラにたずねた。

「なあ、青、好きか?」

キラは心から答えた。「マット。わたし、青が大好きよ。ありがとうね」

「それ、ちっせえほうのプレゼントだ。けど、でっけえほうも、もうすぐ来るぜ」少年はそういいながら、まだ窓の外をみつめていた。「もうちっと、かかっけどな」

それからキラのほうを向いていった。「ふろ入ったら、食いもん、くれっか?」

〈集会〉の午後の部に参加すべく、会場にもどるようにと呼びだしがあった。キラとトマスとジョーは、マットとブランチをトマスの部屋に残して出かけた。こんどは入場も着席も、朝ほどかたくるしくはなかった。最高守護者もかれらを村民に紹介しなくてすむ。

だが〈歌手〉は、昼食と休憩で元気をとりもどしたらしく、ふたたび儀式ばったしかたで入場した。〈杖〉を手に舞台下に立つ彼にたいして、観衆は午前中の卓越したパフォーマンスに敬意を表し、拍手をおくった。彼の表情は変わらなかった。朝からずっと変化していない。誇らしげなほほえみも浮かべていない。ただ全村民を熱烈にみつめながら立っているだけだ。その全村民にとって、〈歌〉は全歴史だった。そこでは、自分たちの社会の大変動や失敗、あやまちだけでなく、新たなこころみや希望も語られる。キラとトマスも観衆とともに拍手した。ジョーもふたりのみようみまねで、一心に両手をうちならした。
割れるような拍手のなかを、〈歌手〉が体をひるがえして舞台への階段をのぼりはじめたとき
だった。キラはトマスの顔に視線を走らせた。彼も、このなにかをひきずるような、にぶい金属
音をきいていた。朝、〈歌〉がはじまる前に、ふたりが耳にしたのとおなじ音だった。
キラは当惑してあたりをみまわした。ほかにはだれも、このだしぬけに割りこんできた重くる
しい異音に気づいていないようだった。村民たちは、歌にそなえて深呼吸する〈歌手〉の姿をみ
つめている。〈歌手〉は舞台の中央に進みでると、眼を閉じ、〈杖〉を指でなぞって、これから歌
うべき場面をさがした。かすかに体がゆれている。
あっ！　ふたたびあの音がきこえた。そのとき、ほとんど偶然に、ほんの一瞬だがそれがみえ
た。キラはとっさに音の正体を悟った。戦慄が走った。しかし、あたりはもう静けさに包まれて
いた。まもなく、〈歌〉がはじまった。

21

「キラ、いったいどうしたのさ？　教えてよ！」トマスは、階段をのぼるキラの背後から問いかけた。ようやく〈集会〉が終わった。ジョーは世話人たちにつれていかれた。だが未来の〈歌手〉は、すでにつかのまの勝利の爽快感を味わっていた。

長い午後の終わりに、観衆は立ちあがって〈歌手〉に唱和する。歌うのは、つねに〈歌〉のラストを飾る崇高な最終歌『かくあれかし』。そのときだった。〈歌手〉は幼いジョーに向かって手まねきをした。それまであまりの長丁場に、身もだえしたり、まどろんだりしていたちびは、とたんに熱烈な瞳で〈歌手〉をみあげた。あきらかに〈歌手〉は少女に、いっしょに歌おうと呼びかけていた。ジョーはいすからはいおりると、夢中で舞台にかけよった。そして〈歌手〉のかたわらに立ち、満足げに顔をかがやかせながら、きゃしゃな腕をあげて手をふった。いまや厳粛さから解放された観衆は、口笛や足ぶみで喝采をおくった。

キラはそのようすをみまもりながら、じっと立ちつくしていた。はじめて知った事実とその重圧感にうちのめされていた。同時に、おそろしさと途方もないかなしみが、ないまぜになって胸にうずまいていた。

その恐怖感と悲嘆は、不自由な脚をおして階段をのぼるあいだも頭を離れなかった。トマスがわけをきかせてくれと熱心にいってくれている。キラは話す覚悟をきめて、ひとつ大きく息を吸った。

しかし、階段をのぼりきったところで会話は中断された。キラの部屋のドアが開いていて、その前でマットが待ちかまえていた。満面の笑みを浮かべ、じれったそうにじだんだを踏んでいる。そして大声で叫んだ。

「来たぜ！　でっけえほうのプレゼント！」


キラは部屋に入るなり、戸口で立ちどまった。みしらぬ人が、疲れたようすで、背中をまるめていすに腰かけていた。キラはその男性をまじまじとみつめた。長い脚から、その人がとても背が高いことがわかった。高齢ではないのに、髪には白いものがまじっている。キラは考えこんだ。風貌からおしはかるとすれば、おそらく三音節だろう。そうよ、ジャミソンとだいたいおなじ、三音節だわ。お母さんのお兄さんとも同年代かもしれない。

キラはトマスをひじでつついた。「みて」男性が着ているゆったりしたシャツの色に注意をうながしながらささやいた。「青よ」

その声と、あいかわらず興奮を隠しきれずにいるマットのはしゃぎぶりに反応した侵入者が、立ちあがってキラのほうを向いた。キラはふと思った。この人、なぜわたしが部屋に入ってきたときに立ちあがらなかったのかしら。どんなに無遠慮な人でも、どんなに冷たい人でも、ふつうは初対面の相手が入ってくれば、まずは席を立つものじゃないかしら。やさしそうだし、礼儀ただしい人にみえるのに。侵入者はかすかにほほえんでいる。キラはそこでやっと気づいた。いたましいことに、彼は眼が不自由だった。ひたいから片方の頬にかけてたてに走るギザギザの傷が、顔貌をそこなっていた。両の瞳はどんよりとして、なにもとらえていなかった。事故や病気で失明することがあると話にはきいていたものの、じっさいに視界をうばわれた人にあうのははじめてだった。だが、傷を負った者は役たたずとして、〈フィールド〉に追いやられるはずではなかったか。

この人は、眼がみえないのに、なぜ生きているの？　マットはどこでこの人にであったの？それに、彼はなんのためにここにいるの？

マットはまだ期待に胸をふくらませて、部屋じゅうを飛びはねていた。「おいら、つれてきた！」

少年はおおよろこびで宣言するや、侵入者の手をとって同意をもとめた。「なあ、おいら、つれてきたったんだよな？」

「そうだよ」男性は答えた。その声音には、少年にたいする親愛の情が感じられた。「きみはすばらしいガイドだ。道中、ほとんどついいてくれたものね」

「おいらが、あすこからずうっと、あんないしたんだぜぃ！」マットはキラとトマスに向かっていった。「けどさ、もうつくってときにさ、おっちゃん、ひとりで歩いてみたいっていうのさ。おいらいったんだぜ、ブランチかしてやろかって。けどさ、あとはひとりで行きたいっていうからよ。んで、さっきおまえにやった、あの布っきれな。あれくれたんだ」少年はそういって、男性のシャツをひっぱってキラにみせた。背中のすそに小片をひきちぎったあとがあった。

「ごめんなさい」キラは丁重にあやまった。男性がいるせいで、おちつかない、もやもやした気持ちだった。「シャツがだいなしになってしまって」

「いいんだ、ほかにももっているから」男性はほほえんでいった。「彼、しきりに、きみにプレゼントをみせたがっていたんだ。だけどわたしはわたしで、自力でたどりついたほうがいいような気がしてね。以前、ここに住んでいたんだ。ずいぶんむかしのことだが」

「はいっ、注目ぅ！」赤ん坊か子犬のようにかけまわっていたマットが、いすの横においてあった巾着袋をとりあげて、口をおしひろげた。「ほんでは、ちょっくら水がいりますぞい」少年はそういいながら、袋のなかからしおれた植物を数株、そっとひっぱりだした。「けんど、こいつら、心配ねえよ。ちょっくら水やりゃあ、元気になっから」

マットは眼のみえない男性のほうに向きなおると、「おっちゃんは、なんだかわかんねだろ！」

といいながら、きいてるかといわんばかりに彼の袖をぐいぐいひっぱった。

「なんだい?」男性は愉快そうにたずねた。

「キラがここで水くれっから! あーっ、おっちゃん、いま、おいらたちこの草っこ、川にもってくと思ったろ! ちげんだなあっ。ここでよ、あのドア開けたら、どばっと水出てくんだ!」

マットはスキップしながら浴室の戸口まで行き、ドアを開けた。

「じゃあマット、この草をつれていっておくれ」男性がうながした。「水を飲ませてやりなさい」

それから男性はキラのほうを向いた。彼が、眼がみえなくても自分の存在を感じとっているのがわかった。「きみにホソバタイセイをもってきたんだ」彼は説明した。「わたしのところで、青の染料につかわれている植物だ」

「そのきれいなシャツもそれで染めたんですね」キラはつぶやいた。男性はふたたびほほえんだ。

「マットにきいたんだが、これ、初夏の朝の、晴れた空とおなじ色あいだそうだね」

キラは答えた。「ええ。まさにそうです!」

「満開のアサガオと、おおよそおなじだろうか」男性がいった。

「はい、そのとおりですわ! でもどうして――」

「生まれつき失明していたわけじゃないんだ。みえていたころの風景をおぼえているんだよ」

水を流す音がきこえてきた。「マット、草を水びたしにしちゃいけないよ!」男性が叫んだ。

「追加をとりに帰るのはたいへんだぞ！」

男性はキラに向きなおってつづけた。「いや、入り用なら、よろこんでとりに帰るがね。しかし、きみには必要じゃないだろう」

「どうぞ、おかけになってくださいな。食事をもってきてもらいますわ。ちょうど夕食の時間ですし」キラは、とまどいのなかでも、最低限の礼儀を忘れまいとしていった。この男性はキラに、とてつもない価値をもった贈りものを届けてくれた。なぜそうまでしてくれたのだろう。まったく理解に苦しんだ。それに、不自由な眼で、陽気な少年としっぽの曲がった子犬のほかにみちびき手もなく、長い道のりを旅するのは、どれほどたいへんなことだったろう。

しかも、もうすこしで到着というときになって、マットだけが青い布きれをだいじにしまって先へ行き、眼のみえないこの男性は、あとの道のりをひとりで歩いてきたというではないか。なぜそんなことができたのだろう？

「ぼくが世話人を呼んで、事情を話してくるよ」トマスがいった。

トマスの声をはじめてきいた男性は、びっくりしたようすで、気づかわしげにたずねた。「いまのはだれだい？」

「ぼく、この廊下の先の部屋に住んでいる者です」トマスが説明した。「キラが〈歌手〉のガウンを修繕しているあいだ、ぼくは〈歌手〉の杖を彫っていました。ご存じないかもしれませんが、

〈集会〉という行事がありまして、さっきちょうど終わったところなんです。とても重要な行事で――」

「知っているよ」男性がさえぎった。「なにからなにまでね」

男性はつづけて、きっぱりとした口調でいった。「食事はたのまないでほしい。わたしがここにいることは、だれにも知られてはいけない」

「しょくじぃ?」マットが浴室から顔を出して叫んだ。

「ぼくらのぶんだけ、廊下の向こうのぼくの部屋にもってきてもらいますよ。そしたらだれにも知られずにすみます」トマスが提案した。「みんなで分けましょう。いつだって、じゅうぶんすぎるくらい量が多いんですから」

キラはうなずいて同意した。トマスは世話人を呼びに出ていった。めざとく食べものの気配を察したマットが、飛びはねながらそのあとをついていった。

気づけばキラは、青いシャツを着たみしらぬ男性とふたりきりになっていた。男性の姿勢から、彼が疲れきっていることがわかった。キラはベッドのはしの、彼と向きあう位置に腰かけた。胸のうちに、彼にかけるべき言葉を、たずねるべき問いをまさぐった。

「マットはいい子です」しばしの沈黙ののちにキラは話しはじめた。「でも、興奮すると、だいじなことを忘れてしまうんです。彼、わたしの名前もお伝えしていないでしょう。わたし、キラっていいます」

眼のみえない男性はうなずいた。「知っているよ。彼は、きみのすべてを語ってくた」

キラは待った。やがて静寂を破ってつぶやいた。「マットは、あなたがどなたなのか、わたしに教えてくれませんでした」

男性はみえない眼を、キラのすわっている場所のかなたの室内にこらしていた。ついに口を開いたものの、いいよどみ、ひとつ息をつくなり、だまってしまった。

「暗くなってきたね」しばらくして彼はいった。「窓のほうを向いてすわっているとね、陽の光の変化を感じることができるんだ」

「はい」

「だから、村はずれでマットがわたしをおいて先へ行ったあとも、ここまでの道はわかったんだ。ほんとうは暗くなるまで待って、夜に到着するつもりでいた。でも、あたりにだれもいなかったから、陽のあるうちに村に入っても安全だった。マットは、今日が〈集会〉の日だとわかっていたよ」

「ええ」キラはあいづちをうった。「ずいぶん朝はやくはじまったんです」答えながら思った。この人、わたしの質問に答える気がないわ。

「毎年の〈集会〉のことはおぼえている。村につづく小道も。そうそう、木は大きくなっていたなあ。だが、影は感じることができた。陽の落ちかげんで、道をそれていないことがたしかめられた」

そこで彼は顔をしかめて笑った。「肉屋のにおいもわかったし」

キラはうなずいてくすっと笑った。

「それにね、織物小屋を通りすぎるときは、折りたたんでおいてある生地のにおいもしたし、織機の木の香りすら、わかったよ。もし織工の女性たちが仕事中だったら、音もきこえたんだろうね」

男性はそこで話を中断し、舌を口蓋《こうがい》にぶつけて、織機の杼が低く規則ただしくカタカタ鳴る音や、糸が生地につむがれていくときのサラサラいう音をまねてみせた。

「そういうわけで、ここへはひとりでたどりついた。それからマットがわたしをみつけてくれて、きみの部屋につれてきてくれたんだ」

キラは待った。そしてたずねた。「なぜですか?」

みつめていると、男性は自分の顔に手をやった。傷をなでて、ギザギザの痕をたしかめている。やがてその手は、頬から首へと傷をなぞっておりていき、しまいに青いシャツの襟にたどりついた。そして襟の奥から、首にかけている革のひもをひっぱりだすと、先端についているものをかかげてみせた。光沢のある石の切片。キラは、それが自分のしているペンダントのかたわれであることを悟った。

「キラ」男性は呼びかけた。しかし、もう説明する必要はなかった。キラにはわかっていた。

「わたしの名はクリストファー。きみの父親だ」

キラはぼうぜんと男性の顔を凝視した。みるまに、彼のそこなわれたふたつの眼が、光をうしなってなお、涙をたたえた。

22

夜になると、キラの父は、どこかマットが案内した隠れ場所で眠りについた。だが父は、もう寝たほうがいいといって部屋を去る前に、自分の過去をキラに語ってくれた。

「いや、獣にやられたんじゃないんだ」キラの最初の問いに答えて父はいった。

「人間だよ。この世には、獣などいやしない」父の声は、アナベラとおなじように確信に満ちていた。老染色師はいっていた――獣なんざ、いないよ。

「だけど――」キラは口をはさもうとした。父にジャミソンの証言を伝えようと思った。ジャミソンはこういっていた。わたしは、きみのお父さんが獣にやられるのをみたんだよ。しかし、思いなおして、父の話のつづきに耳をかたむけた。

「ああ、ただもちろん、森には野性の動物がいるよ。われわれは食べるためにそれらを狩っていた。わたしのところでは、いまもそうしている。シカ。リス。ウサギ」父はそこでためいきをもらした。

「あの日は、大規模な狩りが計画されていた。男たちが武器の配布をうけようと参集した。わたしは槍を一本と、食料をひと袋、持参していた。食料はカトリーナが用意してくれた。お母さんはいつもそうしてくれたんだ」

「ええ、知ってるわ」キラはささやいた。

父は、キラの声が耳に入っていないらしかった。うつろな眼を過去にこらしているように思われた。「カトリーナは出産まぢかだった」彼はそういってほほえむと、腹部の上に手で弧を描いてみせた。キラは、まるで夢をみるときのように、その弧のなかに、おもかげの母の胎内に、ちいさな自分がおさまっているさまを想像した。

「狩りのやりかたは、いつもどおりだった。まず全員で出発するが、途中でふたり一組になって、ペアごとに狩りをするんだ。やがてわたしと相方は、えものの足跡や気配を追って、森の奥深く分けいるうちに、いつのまにか集団からとりのこされていた」

「こわかった?」キラはたずねた。

父は、慎重な述懐からくる緊張をふりはらってほほえんだ。「いいや、こわくはなかったよ。なにも危険はなかった。わたしは腕のいい狩人だった。村で指折りだったんだよ。森でおじけづくなんてことは、いちどもなかった」

そこで父のひたいがくもった。「だけど、油断しちゃいけなかった。自分に敵がいるのは知っていたからね。だれもが他人をねたみ、いつもだれかときそいあっていた。それが、ここでの生のありようだった。たぶん、いまもそうなんだろうね」

キラはうなずいた。それから、身ぶりだけでは伝わらないことを思いだして口で答えた。「ええ。いまもそうよ」

「わたしはまもなく、〈守護者評議会〉のメンバーに任命されることになっていた」父はつづけた。「大きな権力をともなう職だ。その地位を望む者がほかにもいた。おそらくそうだったのだろうと思う。なんともいえないがね。とにかくこの村には、いつも敵意が満ちていた。ひどい言葉がとびかってた。そういうことは、長いあいだ考えもしなかったけれど、いまになってみれば、人びとが怒りくるって口論していたようすを思いだすよ――あの日の朝だって、武器がわりあてられる段になって――」

キラはいった。「ついこないだも、狩りの前にあったのよ。わたし、みたの。そこらじゅうでけんかしたり、いいあらそったり。いつもそうなの。男の人はみんなそう」

父は肩をすくめた。「やっぱり、変わっていないんだね」

「変わりようがないのよ。それがここのならわしだもの。ちびのころから、ものをひったくったり、人を押しのけたりすることを教えられるのよ。欲しいものを手に入れるためには、そうするしかないってことになってる。わたしだって、もし脚がこんなじゃなければ、そんなふうに育っていたかもしれないわ」

「きみの脚がどうしたって?」

父は知らないのだ。知るはずもなかった。

キラは、父に告げなければならないと思うと、きゅうにはずかしくなった。「わたしの脚、ねじれてるの。生まれつきなの。かれらはわたしを〈フィールド〉につれていこうとした。でも、お母さんはそれを拒んだ」

「お母さんは、カトリーナは、かれらにさからったんだね?」父の顔がぱっとかがやき、ほころんだ。「そして、勝ったんだ!」

「お母さんの話では、お母さんのお父さんがまだ生きていて、とても重要な地位についていた。だから、お母さんはわたしを手ばなさずにすんだ。かれらは、ほっておいてもわたしはいずれ死ぬだろうと考えたんじゃないかしら」

「でも、きみは強かった」

「ええ。お母さんはいっていたわ。痛みがわたしを強くするって」話しながら、キラはもうはずかしさではなく、誇りを感じていた。父にも、自分を誇りに思ってほしかった。

父が手をさしのべた。キラはその手をとった。

話のつづきがききたかった。なにがおきたのかを知る必要があった。キラは待った。

「その人物がだれか、確実にわかっているわけじゃない」父は話を再開した。

「もちろん、見当はついている。そいつは、ひどく嫉妬ぶかい男だった。彼はいつのまにか、音もなくわたしの背後に近づいたらしい。そのときわたしは、眼をつけていたシカをしとめようと、じっと待ちかまえていた。そこを襲われた。まずこん棒で頭をなぐられ、意識がもうろうとしたところをナイフで刺された。彼はことを終えると、わたしが死んだと思って、そこにほうったまま立ち去った」

「でも、お父さんは生きていた。強かったから」キラは父の手をにぎりしめた。

「眼がさめると〈フィールド〉にいた。たぶん荷引き人たちが、いつもそうするように、わたしをつれてきて、おいていったんだろう。〈フィールド〉に行ったことはあるかい？」

キラはうなずいて、また父の眼のことを思いだし、声に出して答えなおした。「ええ」いつ、なんのために行ったのか、父に説明すべきなのだろう。でもいまはそのときではない。

「敵のもくろみどおり、わたしはそこで死んでもおかしくなかった。動けなかった。眼もみえなかった。頭がもうろうとして、体じゅうに激痛がした。死んでしまいたいと思った。

ところが、夜になって、みしらぬ人たちが〈フィールド〉にやってきた。

はじめは、穴掘り人たちが来たのだと思った。そこで、自分がまだ生きていることを伝えようとした。すると、やってきた人びとが話しだした。きいたことのない声だった。つかう言葉はわたしたちとおなじなんだが、わずかに抑揚がちがう。もっとかろやかな感じだ。わたしはたいへんんなけがを負っていたというのに、そのちがいはききわけられたんだね。それに、かれらは、心をなごませるやさしい声をしていた。だれかがわたしの口になにかをあてて、薬草をせんじたものをひと口、飲ませてくれた。痛みがやわらいでいき、やがて眠くなった。それからかれらは、二本の太い枝でつくった担架にわたしをのせると――」

「その人たち、だれだったの?」好奇心にかられたキラは、だまっていられなくなってたずねた。

「わからなかった。かれらの姿もみえなかったし。わたしは両眼をだめにされたうえ、痛みのためにほとんど錯乱していた。だが、かれらのはげますような声はききとれた。だから、さしだされた液体を飲み、かれらの手に身をゆだねたんだ」

キラは心底おどろいた。彼女は村で暮らした生涯のあいだ、ただのひとりも、そんなことをしそうな人間にであったことはなかった。深い傷を負ったものを、はげまし、痛みをやわらげ、助けてやろうなどと考える人間はだれもいなかった。そもそも、そんなときどうすればよいのかを知っている者もいなかったのだろう。

マットだけはべつだわ――キラは思った。あの子は、傷ついた子犬を介抱して生きかえらせたんだもの。

「その人たちは、森を抜けて、ずいぶん遠いところまでわたしを運んでいった」父がつづける。「数日かかる道のりだった。おきて、眠って、またおきてをくりかえした。眼をさますたびに、かれらが話しかけてきて、体を清めてくれたり、水を飲ませてくれたりした。痛みをやわらげるために、薬もさらにあたえられた。

なにもかもはっきりしなかった。わたしは、なにがおきたのかも、なぜこうなったのかも、おぼえていなかった。だが、その人たちが傷をいやしてくれた。やがて、瀕死の状態から可能なかぎり回復すると、かれらはわたしに真実を伝えた。あなたの眼はもう二度とみえるようにはならない、とね。しかし、かれらはこうもいった。わたしたちが、眼がみえなくても生きていけるようにあなたを手助けしよう、と」

「ねえ、その人たち、だれだったの？」キラはふたたびたずねた。

「だれであるか、ときくべきだよ」父はやさしく答えた。

「だって、いまも生きている人たちなんだから。そして、わたしもいまではかれらの一員なんだ。かれらは、人だったというだけさ。ただ、みんなわたしのように、どこかに傷を負っている。見殺しにされた経験のある人たちだ」

「この村から、〈フィールド〉につれていかれた人たちってこと？」

父はほほえんだ。「この村からだけじゃないよ。ほかにも人の住む土地がある。かれらは、傷を負って、いたるところからあつまってきた人たちだった――体だけでなく、心にも傷を負った人もいた。はるかな道のりを越えてたどりついた人もいた。苦しい旅の話をきいてびっくりしたよ。

ようするに、わたしが運びこまれた土地に、先にたどりついていた人びとだったということかな。かれらはすでに、独自のコミュニティをきずいていたからね――それが、いまではわたしのコミュニティでもあるんだが」

キラはマットの言葉を思いだした。彼はいっていた――そこは「ぶっこわれた人たち」が住む土地だった、と。

「かれらはたがいに助けあう」父は簡潔に告げた。

「わたしたちは、たがいに助けあう。

眼のみえる人たちともいえるね。眼になってくれる人がいなければ生きられないわたしの手をひいて、みちびいてくれるから。

歩けない人たちでもあるかもしれないな。だれかに運んでもらっているから」

キラは無意識に、自分のそこなわれた脚をさすっていた。

「いつも支えになってくれる人がいる」父はいった。

「力強い両手が、それをもたない人のためにさしだされるんだ。

この〝治癒の村〟は、もうずいぶん前から存在していた。いまだに傷ついた人びとがやってくる。だが、変化がおきはじめてもいる。村で生まれた子どもたちが成長しつつあるからね。いまではコミュニティに、健康でたくましい若者たちがくわわっているんだ。それに、よそから来てわたしたちを発見し、生活をともにしたいと思った人たちが、そのままとどまった例もある」

キラはその村のようすを思いえがいてみようとした。「つまり、ここみたいな〝村〟だってこと？」

「おおよそはね。菜園もあるし、家もある。家族がいる。だが、この村よりもずっと静かだよ。人びとは口げんかしないし、もっているものを分けあい、助けあって暮らしている。赤ん坊はめったに泣かないし、子どもはだいじにされている」

キラは、父の青いシャツの胸にさがっている石のペンダントをみつめた。それから、そのかたわれである自分の石にふれた。

「お父さんは、そこに家族がいるの？」キラはためらいがちにきいた。

「わたしにとって、あの村全体が家族みたいなものなんだよ、キラ」父は答えた。

「狭い意味の家族ということなら、妻はいないし、子どももいないよ。そういうことをききたかったのかな？」

「ええ」

「わたしはこの村に家族を残してきた。カトリーナと、やがて生まれるはずの子ども、つまりきみをね」父はそういってほほえんだ。

父に告げるのはいましかないと思った。

「お父さん。お母さんはね――」

「わかってる。お母さんは亡くなった。マットが教えてくれたよ」

キラはうなずいた。そしてこの何か月ものあいだではじめて、自分がうしなったものをいたんで泣きだした。彼女は母の死にさいしても泣かなかった。母の死後は、強くあらねばと自分にいいきかせてきた。なすべきことを決断し、それをなしとげるのに集中してきた。熱い涙が頬を濡らした。キラは手で顔をおおった。すすり泣く肩がふるえた。父が、おいでというように腕を広げた。だがキラは背を向けた。

「どうして、帰ってきて、くれなかったの?」止めどもあふれる涙に声をつまらせ、やっとのことでたずねた。

顔をおおった手のあいだからみえる父の表情で、その問いが父を苦しめているのがわかった。とうとう父は口を開いた。

「わたしはとても長いあいだ、なにも思いだせずにいた。わたしの頭への強打は、しそんじたとはいえ、殺すつもりでくわえられたものだった。生きのびたものの、その打撃がわたしの記憶をうばった。わたしはだれで、なぜここにいるのか。妻は? 家は? なにひとつ思いだせなかった。

やがて、ごくゆっくりとではあったが、回復するにつれて記憶がよみがえりはじめた。過去のきれはしが浮かんだ。お母さんの声。歌っていた歌。〝夜が来る　色たちはどこかにかくれんぼ

空もかくれんぼ　だって空の青は　じっとしていることができないの……」

なつかしい子守歌のしらべにおどろきながら、キラは父にあわせて歌詞をつぶやいた。そして小声でいった。「ええ、わたしもおぼえてる」

「それから、ほんとうにすこしずつだけど、なにもかも思いだした。しかし、帰ることはできなかった。村までの道をどうやってたどればいい。眼もみえず、衰弱した体で。

それに、よしんば道がわかったとして、帰れば死が待っている。村にはあいかわらず、わたしの死を望む者たちがいるのだから。

けっきょく、とどまるしかなかった。うしなったものをかなしく思いだした。それでも、その土地に残り、そこで暮らしをきずいた。きみのお母さん、そしてきみのいない人生をね」

父の述懐はつづいた。「長い歳月がすぎたある日のことだった」そこで表情が明るくなった。「ひとりの男の子が、わたしの前にあらわれた。彼はたどりついたとき、疲れきって、おなかをすかせていた」

「あの子、いつもおなかをすかせてるの」キラはかすかにほほえみながらいった。

「その男の子はいった。われわれが青をもっているときいて、はるばるやってきたんだと。自分のたいせつな友だちのために、青を手に入れたいのだと。その友だちは、ほかの色はぜんぶ出しかたを知っているんだそうだ。キラ、彼がそうやってきみの話をしてくれたとき、わたしにはそれが、自分の娘にちがいないとわかったよ。そして、彼の言葉にしたがって、村に帰らねばならないと思った」

父はすこし背をのばすと、あくびをした。「あの子がもどってきたら、わたしのためにどこか安全な寝場所をみつけてくれるだろう」

キラは父の手をとると、そのままにぎりつづけた。父は手もあちこち傷だらけだった。

「お父さん」キラは呼びかけた。いままでつかったことのないその呼び名は、どこかおぼつかない感じがした。「かれら、もうお父さんを傷つけたりしないわ」

「いや、かくれていたほうが安全だろう。ひと眠りしたら、いっしょにここを脱出するんだ。マットが道中の食料を袋につめるのを手助けしてくれる。帰り道では、きみがわたしの眼になってくれ。わたしは、きみを支える強い脚になろう」

「いいえ、お父さん！」キラは興奮して答えた。「これをみて！」腕をふりまわして、居心地のいい自分の部屋を指ししめした。だが、すぐにはずかしくなってやめた。

「ごめんなさい。お父さんの眼のこと、わかってるのに、『みて』なんていって。でも、感じるでしょう？　この部屋がどれほど快適か。この階には、ほかにも似たような部屋が廊下にそってならんでいるの。そして、トマスとわたしの部屋以外はぜんぶ空いてるのよ。お父さんのためにひと部屋、用意してもらえるわ」

父は首をふった。「むりだよ」

「お父さん、わかってない。ずっと村にいなかったからよ。わたし、村で特別な役割をあたえられてるの。そのおかげで、〈守護者評議会〉のなかにかけがえのない味方もできたのよ。彼、わたしの命の恩人なの！　そのあともずっと気にかけてくれてるの。

ああ、説明しなきゃならないことがありすぎるわ。それに、お父さん、疲れてるものね。でもね、お父さん。つい最近、わたしとても危険なめにあったの。ヴァンダラっていう人がいてね、わたしを〈フィールド〉に追いやろうとしたの。それで、裁判が開かれて――」

「ヴァンダラか。おぼえてるよ。顔に傷のある女性だね？」

「そう、その人よ」

「あれはひどい出来事だった。彼女がけがしたときのことを思いだすよ。彼女は事故を、自分の子どものせいにした。息子が濡れた岩ですべって、とっさにヴァンダラのスカートをつかんだ。そのはずみでヴァンダラは川に落ちて、とがった岩であごから首にかけて深い傷を負ったんだ」

「でも、たしか――」

「息子は、まだほんの子どもだった。しかし、ヴァンダラは息子を責めた。のちに息子がキョウチクトウの毒で死ぬと、疑惑の声があがった。母親が疑わしいという者もいて――」父はそこで言葉を切り、ためいきをついた。

「だが、彼女の罪を示す証拠はなかった。それでも、むごい女性であることはたしかだ。さっき、彼女に攻撃されたといったね？　それで裁判が開かれたって？」

「ええ。その結果、わたしは村にとどまることを許されたの。そのうえ、名誉な仕事をあたえられた。弁護人がついたのよ。守護者のひとりで、ジャミソンという名前の男性。お父さん、その人がね、いまわたしの世話をしてくれたり、仕事をチェックしてくれているの。彼ならきっと、お父さんの居場所をみつけてくれるわ！」

キラはしあわせいっぱいで父の手をにぎった。父とともに暮らす未来を思いえがいた。だが、室内の雰囲気が一変したようだった。父のしわ深い顔がけわしくなった。キラがにぎっていた手がこわばり、ひきぬかれた。

「きみの弁護人ね。ジャミソンといったか？」父はふたたび顔の傷にふれながらいった。

「そう、彼はすでにむかし、わたしに居場所をみつけようとしてくれたよ。ジャミソンは、わたしを殺そうとした者たちの一味だ」

23

夜が明けるすこし前、おぼろな月明かりのなかを、キラはひとり、染料植物園へとおりていった。細心の注意をはらってつくってもらった、彼女専用の庭。キラはそこにホソバタイセイを植えた。湿った根を埋めて、まわりの土をそっとたたく。「ホソバタイセイ。育って一年めに、新鮮な葉を摘む」アナベラの言葉をくりかえす。

「それから、金っけのない雨水。ぜんぶそろえば青が出る」キラは小屋のなかからタンクをもってくると、そのきゃしゃな草の根元に水を注いだ。一年めの収穫まではだいぶかかるだろう。そのころ自分はもうここにはおらず、その葉を摘むこともないだろう。

植えたばかりの草に水をやりおえると、ひざを抱えてすわりこんだ。その姿勢で体を前後にゆすっているうちに、陽がのぼりはじめた。東の空のはしから、薄桃色のしみがじわじわと広がっていく。村はまだひっそりしていた。キラは、頭のなかですべてを考えあわせて、そこから意味をひきだそうとした。

だが、ちっともわからない。なんの意味も浮かんでこない。

母の死は、予期せぬ事故のようなものだった。母だけが病気になった。そういうケースはまれだった。病気が発生すれば、たいていは村全域を襲い、おおぜいが命を落とした。

ひょっとして、お母さんは、毒で殺されたのではないだろうか？

でも、だとしたらなぜ？

かれらがキラを欲しがったから。

どうして？

キラの才能、つまり糸づかいの技能を手に入れるため。

それじゃ、トマスは？　彼のご両親も殺されたの？　それに、ジョーのご両親も？

なんのために？

かれらの才能を、すべてわがものにするため。

キラは絶望にかられて、夜明けの光がさしはじめた庭をみつめた。そよ風にゆれる植物たちの姿がぼんやりとみえる。まだ初秋の花をつけているものもある。そこにとうとうホソバタイセイがくわわって、キラが待ちのぞんでいた青が出せるようになった。しかし、一年めの葉を摘むのは、だれかべつの人間だろう。

この近くのどこかで、父が眠っている。体力をとりもどし、やっとであえた娘をつれて、人びとが仲むつまじく暮らす〝治癒の村〟に帰るために。キラは、父とともにひそかに脱出し、自分の知る唯一の世界だったこの村をあとにするのだ。旅が楽しみだった。この村のみすぼらしさや喧噪をなつかしく思うことなどなさそうだった。

でも、マットにはぜったいに会いたくなるわ。あのいたずらをもうみることができないなんて。キラはかなしい気持ちで考えた。それに、トマス。あのまじめでひたむきな少年のことも恋しくなるだろう。

そして、ジョー。あのちいさな歌手の姿を思いうかべると、ほほえみがわいてきた。あの子、〈集会〉のとき、おおぜいの人たちに向かって、とっても誇らしげに手をふっていたっけ。

ジョーについて考えているうちに、キラはあることを思いだした。それは父の帰還をめぐるとまどいと興奮のなかで、キラの頭からしばし消えうせていた。いま、それに気づいたときの戦慄がよみがえり、キラは息をのんだ。

行事のあいだ、キラを当惑させたあのジャラジャラというかすかな音！　金属をひきずるあの音が、頭のなかでふたたび鳴りだしそうだった。〈歌〉の後半部がはじまってすぐ、キラはほんの一瞬、音の正体を眼にした。やがて最終歌が終わり、〈歌手〉が人びとの拍手に返礼し、ジョーがうれしそうに舞台をかけおりた。〈歌手〉は通路におりるため、舞台にかけられた小階段のところまで移動した。彼がガウンのすそをわずかにもちあげて、いちばん上の段に足をかけたときだった。舞台に接してもうけられたキラの席から、彼の足がみえた。〈歌手〉のはだしの両足は、異様な傷でおおわれていた。

くるぶしは両方とも、キラの父が顔にうけたのよりもひどい切り傷でいっぱいだった。血が乾いて厚いかさぶたをつくっていた。その上を、したたる鮮血がいくすじも伝っていた。血の出所をたどると、くるぶしをかこむ金属の足かせにこすられた新しい傷が、化膿してただれているのがわかった。彼がゆっくりと舞台をおりるにつれて、ふたつのがんじょうな足かせをつなぐものが、重たげにひきずられていった。それは金属の鎖だった。

〈歌手〉がガウンのすそをおろしたとたん、なにもみえなくなった。キラは考えた。いまの、ひょっとしてわたしの空想だったのかしら？　しかし、〈歌手〉の姿を眼で追っていると、鎖が床をこする音がきこえてきた。彼が歩いたあとには、どす黒い血痕が残っていた。

記憶をたぐりよせているうちに、キラは唐突に、しかもはっきりと、すべての意味を悟った。ことはとても単純だった。

いずれ、鎖につながれた現在の〈歌手〉と交代することになる、未来のちいさな〈歌手〉。繊細な工具を駆使してこの世の歴史を刻む〈彫刻家〉。そして、その歴史に色をあたえる〈糸つかい〉。キラをふくむこの三人は、村の未来を創出する能力をもったアーティストなのだ。

キラは、自分の指先にその可能性を感じることができた。わたしは染めた糸をよりあわせ、編みこんで、眼をみはるようなうつくしい光景を描きだすことができる。でもそれは、ガウンの任務を命じられる前から、ひとりでやっていたことよ。トマスもいっていたわ。彼も以前は、まわりがびっくりするようなものを木に彫ると、手のなかでその作品に生命が宿るような気がしたって。それに、あのちっちゃな歌手さんの奇跡みたいな声。あの子がひとりぼっちの部屋で高らかに歌っていたメロディーは、いちどきいたら忘れられないものだった。そんなメロディーを、かれらはあの子からうばい、自分たちの歌をむりやり歌わせているんだわ。

いかめしい顔つきの守護者たちは、自分ではなにも創造することができない。しかし、かれらは狡猾な権力者だ。ほかの人間の力をこっそり奪い、自分たちのつごうのいいように利用する方法をみつけたのだ。かれらは、ありうべき未来ではなく、自分たちの望む未来を、子どもたちに力ずくで描かせている。

視界のなかで、庭がおきだそうとしてかすかにざわめいていた。植えたばかりのホソバタイセイがみえる。黄金色の花をつけたカワラマツバのわきに、心地よさそうにおさまっている。「いちど花をつけたら、ほとんど枯れちまうんだ」アナベラはホソバタイセイについてそう語っていた。「けど、ちっちゃい芽が出てることもあるから、さがしてごらん」

キラが植えたのも、そういうちいさな若芽だった。そしてキラのなかのなにかが、この芽たちはかならず生きのびるはずだと告げていた。キラには、ほかにもわかったことがあった。それを胸に、湿った草むらから立ちあがり、建物のなかへもどった。お父さんをさがさなくちゃ。そしていわなくちゃ。わたし、お父さんの眼にはなれないわ。わたしは、ここに残ります。

クリストファーの帰途の案内役は、マットにゆだねられた。

夜おそく、村はずれの小道で集合した。そこから曲がりくねった道を行くと、アナベラの小屋のあった場所をすぎ、さらに数日歩けば〝治癒の村〟にたどりつく。案内役をつとめるのが誇らしくてしかたないマットは、出発が待ちきれずにあたりをはねまわっている。ブランチも、はやく冒険をはじめたいらしく、あちこちうろついてはかぎまわっている。

「キラ、おいらいねえと、ひっでえさびしいだろ」マットはひそひそ声でいった。「なげえこと、いなくなっかもしんねえ。あすこの人らが、おいら、いてほしいっていうかもしんねえから」

それからクリストファーのほうを向いていった。「あすこじゃ、いっつも食いもん、いっぱいあるよな？　お客にもくれっかな？　ワン公にゃ、どう？」

クリストファーは笑ってうなずいた。

マットはさらに、重大な秘密をうちあけようと、キラをわきへつれていった。「おいらなぁ、わかってんだ。キラは、そのえれえ脚だもん、結婚、できないだろ」少年は低い声で、すまなさそうに告げた。

「いいのよ、そんなこと」キラは少年を安心させようとしていった。

少年はやっきになってキラの袖をひっぱった。「おいら、いいたかったのはさぁ、あすこの、よその人らが――ぶっこわれた人たちがさ、結婚してるってことさ。そんで、おいらあすこで、若い男のやつに、あったんだ。二音節だよ。ぶっこわれてもいねえし、キラとちょうどおんなじくらいの年だ」

マットはまじめくさった声で宣言した。「キラは、ぜってえ、そいつと結婚する。キラがそうしたけりゃな」

キラはマットを抱きしめた。そしてささやきかえした。「マット、ありがとね。でも、したくないわ」

「そいつの眼、すっげえきれえな青い色してんだぞ」マットは、それがさも重大なことででもあるかのように、もったいぶって告げた。

しかし、キラはほほえんで首をふった。

トマスが、食事のときにとりわけておいた食料の入った包みを運んできた。出発地点の路上で、彼はそれをクリストファーのたくましい背中にのせた。それからふたりは握手をかわした。

キラは無言で待っていた。

父は、キラの決断を理解してくれた。「来られるようになったらおいで」父は娘にいった。

「マットが、ふたつの村を行き来するだろう。彼がわたしたちをつないでくれる。そしていつの日か、彼がきみをつれてきてくれると信じてる」

「いつの日か、ふたつの村は、仲よくなるわ」キラはうけあった。「わたし、もう予感がしてるの」

それはほんとうだった。自分の手の奥に未来を感じることができた。キラの両手は、その未来予想図を描けと彼女をせきたてていた。ガウンの肩に広がるあの未装飾の空白が、キラを待っていた。

「きみにプレゼントがあるんだ」父がいった。

キラは当惑して父の顔をみつめた。父は手ぶらでやってきて、ここ数日は隠れ場所で寝おきしていたはずだ。それなのに、キラの両手に、なにかやわらかいものがのせられた。手から安らぎが伝わってきた。

「糸?」キラはたずねた。「糸の束ね?」

父はほほえんだ。

「隠れ場所にじっとすわって、出発を待っているあいだ、時間があったからね。それにわたしの手は、眼がみえなくてもいろいろできるようになったせいで、とても器用なんだよ。

あの青いシャツの生地を、すこしずつほどいたんだ。かわりの服は、あの子がさがしてきてくれた」

「おいら、くすねてきたんさ」マットが、とうぜんだという顔で胸をはった。

「これで青の糸が手に入ったね」父がつづけた。「あの草が育つまでのあいだは、それでまにあうだろう」

「さようなら、お父さん」キラはささやいて父を抱きしめた。そして暗闇に眼をこらした。眼のみえない男性と、脱走者の少年と、しっぽの曲がった犬が、小道を遠ざかっていく。やがてかれらの姿がみえなくなると、キラは自分を待っているものに向かってひきかえしていった。手のなかに、青がよせあつめられていた。青の色は、まるで生命を吹きこまれ、いまにも呼吸をはじめそうにふるえていた。

❀作者ロイス・ローリー（Lois LOWRY）について

アメリカの児童文学作家。1937年ハワイに生まれる。連合国陸軍の歯科医将校だった父について各地を転々とし，第二次世界大戦が終結してまもない1948〜50年，11歳から13歳までの少女時代を東京の「ワシントン・ハイツ」（現在の渋谷区代々木公園内に設けられていた駐留米軍将校用の団地）で過ごす。高校時代にニューヨークに戻り，アイヴィー・リーグ８校のひとつブラウン大学に入学したが，在学中の19歳で結婚し大学を中退。海軍士官の夫について再び国内転地をくりかえす間に４児の母となる。夫の退官にともないメイン州に落ちついたのち，州立南メイン大学に再入学し大学院を卒業。このころから，幼少時以来ノートに書きつづっていた物語や詩をもとに本格的な執筆活動をはじめる。1977年，夭逝した姉の思い出を題材とした処女作 *A Summer to Die*（邦題『モリーのアルバム』講談社刊）を発表，高く評価される。同年に離婚。

ナチス占領下のデンマークを舞台に，自由と友情を求める少女の姿を描いた *Number the Stars*（邦題『ふたりの星』講談社刊）と *The Giver*（邦題『ギヴァー』新評論刊）で，世界的に名高い児童文学賞「ニューベリー賞」を受賞（1990年度と94年度）。ほかにも「マーク・トウェイン賞」など数々の文学賞を受賞している。現在までに約40冊の小説を発表しており，作品世界もスタイルも多彩だが，その多くは「未来をつくる存在としての子ども」というテーマに貫かれている。児童文学作家でありながら読者層は大人から子どもまで幅広く，国内のみならず世界中にファンをもつ。

ふだんはマサチューセッツ州ケンブリッジに住み，ときおりメイン州の別宅で自然を満喫する生活をおくっている。自身のサイト（http://www.loislowry.com/）で，新作の紹介や世界各地への講演旅行の雑感，日々の暮らしの光景などを，みずから撮影した写真とともに公開している。

2012年秋，〈ギヴァー３部作〉として周知されていたシリーズに，19年ぶりに新作『Son』をくわえ，世界を驚かせた。「“このシリーズは完結した”とご自身で言ってきたのに，なぜ続編を書く気になったのですか」という問いに，作者はつぎのように答えている。「読者のみなさんから，“この登場人物はその後どうなるのですか？”という質問の手紙をくりかえしもらいました。そのうちに，じつはわたし自身もおなじことが気になっていたと気づいたのです」（goodreads.com 2012年10月のインタビューより）

❀〈ギヴァー４部作〉について

前作『ギヴァー』，本作，および以下に概要を記す未邦訳の続編 *Messenger*（2004），*Son*（2012）のあわせて４冊が〈ギヴァー4部作〉（The Giver Quartet）とされている。

- **Messenger（メッセンジャー）**　叡智ある者の指導のもと，人びとがたがいに支えあい，平和に暮らす「村」。その周囲には村人の恐れる森が広がっていた。あるとき，不吉な変化があらわれ，村の境界は固く封鎖されてしまう。不思議な力をもつ少年マティは，村の外にいるキラと再会するため森に入るが…。『ギャザリング・ブルー』と『ギヴァー』の登場人物が出逢い，物語の輪がいったん閉じられる。
- **Son（息子）**　その少女はクレアと呼ばれていた。彼女は13歳になると〈器〉の任務をあたえられ，14歳で〈産物〉を身ごもった。やがて生まれた男児の〈産物〉は，知らぬまにつれさられてしまった。どこへ行ったのか，どんな名前をつけられたのか，そもそも生きているのか。〈器〉は〈産物〉のことを忘れるよう義務づけられていた。しかし，クレアにはそれができなかった。彼女は決心する――たとえ行く手になにが待ちうけていようとも，自分の〈息子〉をさがすと。『ギヴァー』以来の〈善と悪〉をめぐる苛烈で壮大な物語が，ついに真の完結をむかえる。

訳者紹介

島津《しまづ》やよい
1969年生まれ。91年，早稲田大学第一文学部卒。人文・社会科学系出版社数社での勤務を経て，現在，翻訳・編集業。

ギャザリング・ブルー　青を蒐《あつ》める者

2013年3月25日　初版第1刷発行

訳　者　島　津　やよい
発行者　武　市　一　幸

発行所　株式会社　新　評　論

〒169-0051　東京都新宿区西早稲田3-16-28
http://www.shinhyoron.co.jp
T E L　03 (3202) 7391
F A X　03 (3202) 5832
振　替　00160-1-113487

定価はカバーに表示してあります
落丁・乱丁本はお取り替えします

装　訂　山田英春
印　刷　フォレスト
製　本　清水製本所

ISBN 978-4-7948-0930-8
Printed in Japan

シリーズ好評既刊

ジョナス，12歳。職業，〈記憶の器〉。
彼の住む〈コミュニティ〉には，恐ろしい秘密があった――

ディストピアＳＦの名作 〈ギヴァー４部作〉第１弾

ロイス・ローリー／島津やよい訳

ギヴァー　記憶を注ぐ者

四六上製　256頁　定価1575円（税込）
ISBN978-4-7948-0826-4

The Giver：児童文学作家ローリーの代表作（1994年度ニューベリー賞）。原作は累計530万部を超える大ロングセラー。日本でも95年に『ザ・ギバー』の表題で邦訳が出版され（講談社刊），多くの愛読者を獲得したが絶版に。その後これを惜しむ全国のファン有志が復刊運動の会（『ギヴァー』を全国の読者に届ける会 http://thegiverisreborn.blogspot.com/）を結成，より読みやすい新訳で2010年に新評論より刊行された。